Repères clés

W0410360

Terminale

BAC Philosophie

Avec la collaboration de
Thomas Bonnet
Damien Caille
Richard Mèmeteau
Christophe Welcker

rue des écoles

EAN : 9782820811738

Éditions rue des écoles
2 ter rue des Chantiers – 75005 Paris

Sommaire

Les notions

Le raisonnement philosophique

Les auteurs majeurs

Les repères transversaux

Fiche 1

Les notions

L'art

L'essentiel du cours

Comme l'écrit Nietzsche, « l'art doit avant tout embellir la vie ». Mais si l'art consiste à produire de la beauté à partir de la vie, cela ne revient-il pas à reconnaître qu'il ne sert pas directement à vivre et qu'il est plutôt, selon la formule de Camus, un « luxe mensonger » ? Quelle est alors la véritable valeur de l'art ?

Bien plus qu'un savoir-faire

- « Tout art est parfaitement inutile », écrit Oscar Wilde. Certes, les artistes, tout comme les artisans, fabriquent des objets d'après un savoir-faire transmis de génération en génération. Mais l'œuvre d'art ne peut pas être consommée puis jetée car elle ne se réduit pas à sa matérialité. Elle symbolise quelque chose qui n'est pas montré, un sentiment, une réalité, une idée... C'est pour cette raison que le peintre Kandinsky peut dire qu'il y a « du spirituel dans l'art ».

Imitation ou expressivité

- Selon Platon, le poète doit être banni de la cité, car il travestit ou exagère la réalité pour plaire à son public. À la racine de ce mensonge, d'après Platon, il y a la distance que tout art prend avec la réalité. Imaginez un lit. L'artisan a besoin de connaître en détail l'idée du lit pour le fabriquer. L'artiste, lui, n'a nul besoin de savoir ce qu'est un lit, il a seulement besoin de l'apparence de ce lit pour le représenter. Le lit de l'artiste est donc éloigné de l'idée originaire du lit de deux degrés.
- Selon le peintre Paul Klee, l'imitation du réel est absurde : « Il ne vient à l'idée de personne d'exiger d'un arbre qu'il forme ses branches sur le modèle de ses racines. » L'artiste poursuit ainsi le geste créateur de la nature elle-même plutôt qu'il n'imite son résultat. Pour cette raison, Klee écrit dans sa *Théorie de l'art moderne* que « l'art ne reproduit pas le visible, il rend visible ». Il rend visible la subjectivité d'un artiste aux prises avec son temps.

Le problème de la modernité

- Selon Baudelaire, « le beau est toujours bizarre », car il est une combinaison de ce qui est à la mode, « moderne », et de ce qui est éternel. La beauté doit donc déstabiliser son public. L'art doit se poser comme un problème.
- Selon Nelson Goodman, la question « Qu'est-ce que l'art ? » doit être remplacée par la question « Quand y a-t-il de l'art ? ». Une œuvre d'art laide est possible tant qu'elle « fonctionne d'une certaine façon comme symbole », écrit-il. L'art dépend donc des théories et d'une histoire de l'art qui le rendent possible.

Concepts à connaître

Beau

Ce qui plaît. Mais le beau s'oppose à l'agréable, selon Kant, car l'agréable désigne ce qui plaît à cause d'une sensibilité singulière. Une chose est agréable pour moi, mais si cette chose est belle, elle peut être belle aussi pour les autres. La beauté peut donc être l'objet d'une discussion, d'une éducation.

Goût

Faculté de discerner les qualités sensibles d'un objet (ce que Hume appelle la « délicatesse »). Mais le mot désigne aussi la faculté de sentir la beauté d'un objet (« avoir du goût », « avoir bon goût »...). Sentir délicatement une chose permet de percevoir ce qui est beau dans cette chose. Pourtant, il se peut également que le « bon goût » soit une simple posture sociale qui consiste à déclarer belles des choses (telle chanson à la mode, tel vêtement, etc.) sans avoir à sentir véritablement la beauté de ces choses. Le « bon goût » désigne ainsi ce qu'il faut juger bon par obligation, quitte à ignorer paradoxalement le véritable goût des choses.

Imitation

Reproduction de l'apparence réelle (de *mímêsis* en grec). L'art est dit figuratif s'il imite une réalité reconnaissable et abstrait s'il s'en éloigne. Mais de quoi une œuvre est-elle l'imitation ? Elle peut imiter une apparence, mais aussi un sentiment, une idée... Le contraire d'une œuvre imitative n'est alors pas nécessairement une œuvre abstraite mais une œuvre qui ne représente rien d'autre qu'elle-même, qui est sa propre fin, qui est autotélique. C'est ce courant de l'art pour l'art qui va définir la modernité.

Création

Production d'œuvres originales (*poíêsis* en grec). On distingue l'action du sujet (*praxis*) de l'action qui produit un objet. Tous les gestes de l'artiste ne sont pas créateurs; certains sont mécaniques, impersonnels. Mais d'autres font apparaître une originalité, c'est-à-dire la trace de l'artiste au sein même de l'œuvre, sa marque. L'auteur de l'œuvre n'est pas nécessairement celui qui la fabrique, mais celui dont on peut reconnaître l'expression à travers l'œuvre. Créer, c'est donc être perçu comme l'auteur d'une œuvre.

Technique

Ensemble des savoir-faire nécessaires à la production d'un objet. Elle peut être acquise par tout le monde. Mais l'artiste ne suit pas strictement un ensemble de recettes, de techniques ou de règles. Les artistes ne sont pas des artisans virtuoses.

Citations

« L'art ne reproduit pas le visible, il rend visible. » (Klee)

« Le beau est toujours bizarre. » (Baudelaire)

« Tout art est parfaitement inutile. » (Wilde)

« L'art doit avant tout embellir la vie. » (Nietzsche)

Fiche 2

Les notions

Le bonheur

L'essentiel du cours

«Tous les hommes recherchent d'être heureux», disait Pascal. Mais les conceptions philosophiques du bonheur sont nombreuses, et il est nécessaire d'en examiner certaines pour déterminer s'il est possible d'atteindre cet idéal.

Une certaine définition du bonheur

- Platon s'oppose à l'hédonisme, qui accumule les plaisirs pour être heureux. Le plaisir est toujours une satisfaction éphémère puisqu'un désir satisfait laisse toujours place à un autre. Dans le *Gorgias*, Socrate compare l'hédoniste à un tonneau percé. Seule la tempérance, c'est-à-dire la modération de nos désirs, permet d'être heureux.
- Selon Bergson, le plaisir n'est qu'une ruse de la nature pour que les individus désirent rester en vie, alors que la joie constitue la vraie condition du bonheur. La joie est un sentiment d'accomplissement lié à la «création de soi par soi», telle la joie de la femme qui s'autoréalise comme mère en donnant naissance à un enfant.

La recherche d'un état parfait

- Épicure conçoit le bonheur comme un état de tranquillité de l'âme : l'ataraxie. Pour l'atteindre, il faut d'abord éprouver la peur du manque en apprenant à se contenter de plaisirs simples. Épicure établit donc une hiérarchie des désirs entre ceux qui sont naturels et nécessaires (les besoins) et ceux qui ne le sont pas (la richesse, l'abondance).
- D'après les stoïciens (Épictète, Sénèque ou Marc Aurèle), l'homme peut éviter d'être affecté négativement par les accidents de la vie en distinguant ce qui dépend de lui de ce qui lui échappe. C'est ainsi que l'homme peut accepter son destin. Le bonheur se trouve dans l'apathie, un état d'impassibilité qui incarne le triomphe de la raison sur les passions.

Un idéal difficile à atteindre

- Dans les *Fondements de la métaphysique des mœurs*, Kant affirme que le bonheur est «un idéal de l'imagination». D'une part, le bonheur ne peut être défini universellement car il est subjectif (chacun l'imagine différemment). D'autre part, il dépend de conditions qui échappent à notre raison (aucune méthode pour être heureux ne peut être rationnellement établie).
- D'après Schopenhauer, la vie n'est que souffrance : comme un pendule, elle balance constamment entre la douleur du manque et l'ennui (une fois le manque comblé). Pour cette philosophie pessimiste, il ne reste que la possibilité d'atténuer cette souffrance existentielle en évitant de s'efforcer vainement d'y échapper et en renonçant au «vouloir-vivre», c'est-à-dire en abandonnant le désir, particulièrement celui d'être heureux.

Concepts à connaître

Bonheur

État de plénitude et de satisfaction durable, par opposition au plaisir éphémère. La philosophie antique en fait le souverain bien, c'est-à-dire la fin suprême de la vie humaine, indissociable de la vertu.

Sagesse

Vertu tout à la fois théorique et pratique, dans la mesure où l'homme sage possède un savoir assuré susceptible de le guider dans la conduite de sa vie.
Idéal d'art de vivre des philosophies antiques que l'homme doit s'efforcer d'atteindre pour être heureux.

Plaisir

Sentiment qu'éprouve un sujet à l'occasion de la satisfaction d'un penchant et plus largement d'un désir. Ainsi, le gourmand éprouve du plaisir à manger, le philosophe à penser, etc. Les philosophes hédonistes considèrent le plaisir comme le seul but de cette vie.

Désir

Littéralement, « manque ou regret d'une étoile ». Le désir peut désigner tantôt un manque dévorant qui appelle satisfaction (Platon), tantôt une force qui nous pousse à accroître notre puissance d'être (Spinoza).

Joie

Satisfaction existentielle liée à l'impression d'accomplissement de soi (Bergson). C'est pourquoi elle est le sentiment qui accompagne l'augmentation de notre puissance d'agir chez Spinoza.

Imagination

Faculté de l'esprit de former des images en fonction de l'expérience subjective. Elle peut être reproductrice lorsqu'elle figure un objet réel en son absence, ou créatrice lorsqu'elle compose une image sans correspondance dans la réalité (un centaure, une chimère).

Épicurisme

École philosophique fondée à Athènes par Épicure au IVe siècle av. J.-C. Cette doctrine matérialiste s'accompagne d'une philosophie pratique qui vise l'obtention de la sagesse et du bonheur au moyen d'une hiérarchie des désirs qui seule peut mener à l'ataraxie, c'est-à-dire à la tranquillité de l'âme.

Stoïcisme

École philosophique fondée par Zénon de Citium au IVe siècle av. J.-C. Les stoïciens proposent une éthique fondée sur l'acceptation du destin de telle sorte que les événements qui ne dépendent pas de nous ne nous affectent plus : c'est l'apathie. Un de ses plus célèbres représentants fut le philosophe Épictète (50-130).

Citations

« Il n'y a qu'une route vers le bonheur (que cela soit présent à ton esprit dès l'aurore, jour et nuit), c'est de renoncer aux choses qui ne dépendent pas de notre volonté. » (Épictète)

« Le bonheur est un idéal, non pas de la raison, mais de l'imagination. » (Kant)

La conscience

L'essentiel du cours

La conscience est un état et une activité de l'esprit. Un être conscient se représente son propre état, mais aussi les objets qui l'entourent. La conscience peut s'opposer : à l'inconscience, c'est-à-dire l'état dans lequel est une personne qui dort ou un individu imprudent ; à la non-conscience, qui caractérise un objet inanimé ; à l'inconscient, au sens psychanalytique du terme. Dans quelle mesure l'homme possède-t-il cette capacité à se connaître soi ?

La conscience, première certitude

- Descartes, dans les *Méditations métaphysiques*, doute de l'existence de tout ce qui existe. Les sens comme la raison peuvent nous tromper. Le sujet ne peut rien connaître des choses ou de lui-même avec certitude.
- Pourtant, même lorsque j'en viens à douter que j'existe, le *je* qui doute continue de penser. C'est le *cogito*. L'existence du sujet ne peut donc jamais être remise en cause : aussi longtemps que je pense, j'existe. Ce regard réflexif sur soi, c'est ce que l'on appelle la « conscience ». Celle-ci confère la certitude d'exister et d'être soi.

L'unité du sujet à travers le temps

- Dans son *Essai sur l'entendement humain*, Locke s'interroge sur l'identité personnelle. Qu'est-ce qui explique que l'on puisse dire d'un enfant et d'un vieillard qu'ils sont la même personne ? C'est la mémoire, qu'il appelle *consciousness* (que l'on traduit par « conscience »), c'est-à-dire le fait d'avoir le souvenir de nos différents états et de les lier entre eux dans un « soi ».
- C'est en se prenant pour objet de réflexion que l'on peut établir que c'est le même *je* qui a été conscient de tous ces états. Il s'agit d'être conscient d'avoir été l'acteur de chacun des états que l'on a traversés. C'est la mémoire consciente qui crée l'identité.

Une connaissance de soi inégalée

- Il y a une grande différence entre agir et voir quelqu'un d'autre le faire. On ne se regarde pas soi-même comme on regarderait un autre : il y a une dimension supplémentaire. La conscience dresse un mur entre moi (dont je connais tout) et autrui (que je ne connais que par la perception externe).
- Bergson, dans son *Introduction à la métaphysique*, prend l'exemple du personnage de roman : quelles que soient les descriptions qu'en fera l'auteur, il ne sera jamais connu qu'extérieurement. On est donc toujours privé de la dimension de la conscience *interne* des actes du personnage comme de celle d'autrui.

Concepts à connaître

Conscience

Savoir intérieur immédiat que l'homme possède de ses propres pensées, sentiments et actes. La conscience exprime notre capacité de réflexion et le pouvoir que nous avons de viser autre chose que nous-mêmes.

Âme

Du latin *anima*, « souffle, principe vital ». Désigne chez Aristote la forme immatérielle qui anime tout corps vivant, et qui se manifeste à travers les différentes activités que sont la nutrition, la sensation ou l'intellection. Dans la tradition chrétienne et chez Descartes, l'âme est rapportée à la pensée, propre à l'homme ; séparable du corps, elle est considérée comme immortelle.

Cogito

Mot latin signifiant « je pense ». L'intuition « *cogito ergo sum* » (« je pense, donc je suis ») constitue pour Descartes la certitude première résistant au doute méthodique et le modèle de toute vérité.

Intentionnalité

Du latin *intentio*, terme utilisé en phénoménologie par Husserl pour désigner l'acte par lequel la conscience se rapporte à l'objet qu'elle vise. En affirmant que « la conscience est toujours conscience de quelque chose », Husserl, contre Descartes, montre que loin d'être une « substance pensante » autarcique, la conscience est toujours visée intentionnelle d'un objet, tension vers ce qu'elle n'est pas.

Conscience morale

Faculté propre à l'homme de discerner le bien et le mal. Si elle peut nous faire éprouver du remords et de la mauvaise conscience, elle fait pourtant notre dignité.

Réflexion

Acte qui offre la possibilité de s'observer soi-même, de faire un retour sur soi et de se reconnaître soi-même. En psychologie, on pense notamment au test du miroir qui permet d'évaluer si un individu reconnaît son reflet comme étant le sien et non celui d'un autre individu.

Intuition

Du latin *intuitus*, « regard ». Acte de saisie immédiate d'une idée par l'esprit. L'intuition s'oppose à la déduction, qui parvient à la vérité par la médiation de la démonstration.

Citations

« Je pense, donc je suis [...] Je connus de là que j'étais une substance dont toute l'essence ou la nature n'est que de penser. » (Descartes)

« La conscience est un trait d'union entre ce qui a été et ce qui sera, un pont jeté entre le passé et l'avenir. » (Bergson)

« C'est par la médiation du travail que la conscience vient à soi-même. » (Hegel)

Fiche 4

Les notions

Le devoir

L'essentiel du cours

Pourquoi faire le bien ? Un homme trouve un anneau qui a le pouvoir de le rendre invisible : ne serait-il pas tenté de commettre les pires crimes s'il était assuré de sa totale impunité ? Cette histoire est celle de l'anneau de Gygès, racontée dans *La République* de Platon. Gygès séduit la reine, assassine le roi et s'empare du trône. Aurait-il agi autrement s'il avait pensé qu'il allait être puni ?

Aux origines du devoir

- Selon Nietzsche, le devoir naît avec la pratique de l'endettement : « La notion morale de "faute" tire son origine de la notion très matérielle de "dette". » Devoir quelque chose à quelqu'un revient à promettre que l'on fera quelque chose, en échange de quoi, si je ne tiens pas ma promesse, l'autre pourra me punir.
- À l'inverse, selon Kant, le devoir n'est pas une contrainte mais une émancipation. D'après le philosophe allemand, notre moi est divisé en un moi sensible et un moi raisonnable. Le moi sensible est soumis à des désirs et à des besoins qu'il doit assouvir. Suivre ainsi ses penchants, même s'ils sont « conformes au devoir », n'est pas moral. Cela revient à devenir esclave de ses passions, aussi bonnes soient-elles. Le moi raisonnable se manifeste en me donnant l'occasion de ne plus agir égoïstement mais de façon désintéressée.

Devoir envers soi-même ou devoir envers autrui

- Malgré la diversité de nos devoirs, ils se formulent tous de la même façon, explique Kant : « Agis uniquement d'après la maxime qui fait que tu peux vouloir en même temps qu'elle devienne une loi universelle. » Cette loi morale ne me rend pas esclave, car cette loi est la mienne. Partant, la loi morale exprime une autonomie, c'est-à-dire une capacité à suivre la loi qui provient de notre moi raisonnable.
- Selon Mill, au contraire, la seule règle consiste à ne pas nuire directement à autrui. Concernant sa propre vie, un individu est libre de faire ce qui lui plaît. Les devoirs sont donc la même chose que les lois qui organisent la société. Seules comptent pour Mill les conséquences des actions et non les intentions qui président à l'obéissance à nos devoirs.

Devoir et société

- Pour Bergson, on obéit par devoir sans se poser de questions la plupart du temps. Et c'est seulement lorsque l'on désobéit que l'on ressent tout le poids de l'obligation sociale. Derrière le devoir, il y a donc une force plus puissante que celle de notre raison : la société.

Concepts à connaître

Autonomie/indépendance

L'autonomie est la capacité à se déterminer soi-même, c'est-à-dire à vivre selon sa propre loi. L'indépendance signale seulement l'absence de contraintes. Chez Kant, l'autonomie désigne la forme la plus pure et la plus libre de la volonté, qui est indépendante à l'égard des désirs et des passions mais surtout déterminée par la loi morale.

Contrainte/obligation

Force qui s'impose à un sujet de l'extérieur, malgré sa volonté. La contrainte s'oppose à l'obligation, qui est consentie intérieurement par le sujet.

Mauvaise conscience

Sentiment de culpabilité, souffrance que s'inflige lui-même celui qui a commis une faute. Nietzsche voit là une forme raffinée de morale et un « instrument de torture » infaillible. La notion religieuse de péché originel garantit ainsi que chacun se sente coupable par avance et se trouve dans l'obligation de faire le bien.

Conséquentialisme/déontologisme

Le conséquentialisme est une doctrine qui évalue la moralité d'un acte en fonction des conséquences de cet acte. Il s'oppose au déontologisme, qui considère que l'on doit juger un acte en fonction de l'intention qui le détermine. Mill peut être défini comme conséquentialiste, et Kant comme déontologiste.

Pardon

Ne concerne que ce qui est inexcusable, selon Jankélévitch. Obligé de se cacher pendant la Seconde Guerre mondiale parce qu'il était juif, le philosophe écrit que le pardon est l'ultime recours d'une liberté humaine face à une tragédie : « Puisque le crime est inexcusable et inoubliable, qu'au moins les offensés lui pardonnent : c'est tout ce qu'ils peuvent faire pour lui. » Ce geste, par-delà bien et mal, ne peut être résumé à quelques règles ou se limiter à une preuve de gentillesse. Il échappe à la raison.

Assujettissement

Si le devoir est l'effet d'un pouvoir, alors il faut souligner avec Foucault que le pouvoir ne se contente pas de contraindre. Un pouvoir qui veut se faire obéir forme des sujets obéissants et responsables : c'est un assujettissement. Le pouvoir n'est donc pas extérieur aux sujets, mais il les forme, en les surveillant et leur assignant une identité.

Citations

« Agis uniquement d'après la maxime qui fait que tu peux vouloir en même temps qu'elle devienne une loi universelle. » (Kant)

« La notion morale de "faute" tire son origine de la notion très matérielle de "dette". » (Nietzsche)

« Contraindre quiconque pour son propre bien, physique ou moral, ne constitue pas une justification suffisante. » (Mill)

« C'est la société qui trace à l'individu le programme de son existence quotidienne. » (Bergson)

Fiche 5

Les notions

L'État

L'essentiel du cours

L'État est un ensemble d'institutions qui légifèrent la vie d'une société. Mais pour nous prémunir d'un système politique injuste, il faut interroger la légitimité de son pouvoir. Seule une étude de sa genèse peut nous dire quel est le but de l'État.

Origine et fondements de l'État

- Depuis l'Antiquité, les hommes vivent en cité (*polis*), ce pour quoi Aristote affirme que « l'homme est par nature un animal politique ». Même si certaines espèces grégaires présentent également une hiérarchie, les hommes, eux, font évoluer leur organisation et s'améliorent grâce au débat démocratique.
- Dès la Renaissance, on oppose état de nature et état civil. Dans le *Léviathan* de Hobbes, « l'homme est un loup pour l'homme » à l'état naturel. Pour éviter les conflits qui menacent leur survie, les hommes créent une institution qui restreint la liberté de chacun. Elle doit détenir tous les pouvoirs, raison pour laquelle l'État prend le nom de « Léviathan », un monstre mythique.
- Le *Contrat social* de Rousseau fonde l'État démocratique moderne. Par ce contrat, le peuple s'institue lui-même comme souverain et se gouverne selon « la volonté générale » par la pratique du vote. Dès lors, « l'obéissance à la loi qu'on s'est prescrite est liberté », par opposition au fait de se soumettre à la force imprévisible d'un tyran.

Les intérêts de l'État

- Selon l'idéal de justice, l'État transcende les intérêts individuels dans l'intérêt collectif. Hegel fait ainsi de la Loi l'expression de la Raison universelle. Tous les hommes reconnaissent rationnellement la nécessité de la loi.
- Pour Marx, si tous les citoyens sont égaux en droit, ce n'est pas le cas en fait. L'État sert les intérêts économiques d'une classe dominante, la bourgeoisie, et dissimule sa domination sur les travailleurs prolétaires exploités. Le marxisme se donne pour objectif de destituer le capitalisme afin de servir l'intérêt de tous : c'est l'idéal du communisme.

Penser une société sans État

- L'anarchisme est une théorie politique qui milite pour la disparition de l'État. Les rapports humains seraient alors fondés sur l'autodiscipline des individus, susceptible de générer une certaine harmonie dans leur libre organisation.
- Dans ses études anthropologiques, Pierre Clastres montre que les sociétés tribales sont des sociétés sans État. Le chef de tribu n'est pas un chef d'État mais plutôt un médiateur, un guide qui relaie la tradition culturelle dans laquelle chaque individu se reconnaît comme héritier.

Concepts à connaître

État

Ensemble des institutions politiques et juridiques qui organisent une société sur un territoire donné et définissent un espace public.
Le problème essentiel est celui de la légitimité des fondements de l'État.

Politique

Du grec *polis*, « cité ». Art de gouverner la cité, de diriger un État.

Contrat social

Pacte qui détermine l'organisation d'une société. Chez de nombreux philosophes du XVIIIe siècle, comme Hobbes ou Rousseau, mais selon des modalités différentes, le contrat social est l'origine et le fondement même de toute communauté politique.

État de nature/état civil

L'état de nature désigne la situation, souvent imaginaire, qui précède la constitution des sociétés. L'état civil se réfère par opposition à l'organisation des hommes en une communauté régie par des lois.

Volonté générale

Concept créé par Rousseau dans *Du contrat social*. Par opposition à la volonté individuelle, la volonté générale est celle du citoyen qui doit vouloir le bien de tous et non pas seulement son bien propre. L'État légitime, pour Rousseau, doit être dirigé par la volonté générale, qui se matérialise dans les lois.

Loi

En politique, règle établie par l'autorité souveraine, à laquelle les sujets de l'État qu'elle organise doivent obéir.

Légal/légitime

Est *légal* ce qui correspond à la loi politique d'une société donnée, à un moment de son histoire. Est *légitime* ce qui a une portée plus universelle : ce qui est moral par exemple, ou naturel. Cela concerne la personne humaine en général et non le citoyen de tel pays.

Souverain

Personne individuelle ou collective qui détient le pouvoir suprême. Plus précisément, chez Rousseau, celui qui établit les lois ; la souveraineté doit appartenir au peuple pour que l'État soit légitime.

Fondement

Ce qui donne valeur, ce pourquoi quelque chose est légitime ou cohérent et fait qu'il doit être défendu. Le fondement de l'autorité de l'État, c'est par exemple sa capacité à assurer l'ordre et la justice entre tous, à accorder chacun des citoyens sous une même autorité.

Citations

« Il apparaît qu'aussi longtemps que les hommes vivent sans pouvoir commun qui les tienne en respect, ils sont dans cette situation que l'on appelle la guerre, et cette guerre est une guerre de tous contre tous. » (Hobbes)

« Chacun de nous met en commun sa personne et toute sa puissance sous la suprême direction de la volonté générale. » (Rousseau)

« L'anarchie, c'est l'ordre sans le pouvoir. » (Proudhon)

Fiche 6

Les notions

L'inconscient

L'essentiel du cours

Le terme « inconscient » désigne en philosophie une partie de l'esprit de l'homme qui contiendrait l'ensemble des pulsions refoulées, des désirs que nous ne voulons pas voir et qui pourtant continuent à agir sur nous. Peut-on connaître cet autre acteur dans le sujet qui échappe à sa conscience ?

L'inconscient physiologique

- Leibniz pose les bases d'une part de l'esprit qui échappe à la conscience, c'est-à-dire d'un inconscient. Il parle de « petites perceptions » confuses, trop faibles pour être conscientes, mais qui peuvent produire une impression consciente si elles sont en grand nombre.
- La conscience les agrège et les additionne, si bien que toute perception consciente est en réalité constituée d'une myriade de perceptions inconscientes. Par exemple, si j'entends le bruit de la mer, je perçois inconsciemment les bruits de chaque goutte d'eau mais je perçois consciemment le bruit de l'ensemble.

La structure de l'inconscient chez Freud

- Freud remet complètement en cause l'idée que l'on peut tout connaître de soi en avançant l'hypothèse d'un inconscient dynamique et omniprésent, qui détermine l'ensemble de ce que l'on est et de nos actions.
- Dans la seconde topique, Freud distingue le ça, le moi et le surmoi. Le ça désigne l'ensemble des désirs inconscients refoulés. C'est le pôle pulsionnel : un lieu sans interdit, empli de simples désirs et d'instincts. Le ça est tout entier régi par le principe du plaisir : il recherche un plaisir maximal en toute chose.
- Mais les désirs du ça rencontrent de nombreuses contraintes dans le monde extérieur qui sont intériorisées dans le psychisme sous la forme du surmoi, lequel porte les interdits moraux et sociaux.
- Le moi représente quant à lui la partie plutôt consciente (même si elle ne l'est pas intégralement) du psychisme, celle qui doit assurer la cohésion du sujet et qui est tiraillée entre les exigences du surmoi et du ça.

La critique morale de l'inconscient freudien

- Sartre s'est fortement opposé à l'hypothèse de l'inconscient. Selon lui, croire à la réalité de l'inconscient, c'est rejeter la liberté, fuir devant elle. Il considère que l'hypothèse de l'inconscient n'est pas nécessaire, même pour expliquer certains aspects ambigus et complexes du comportement humain. Pour lui, il s'agit d'une notion plutôt immorale, car elle nie toute liberté et par là empêche toute responsabilité.

Concepts à connaître

Aperception

Mot inventé par Leibniz pour désigner l'acte par lequel un sujet opère un retour réflexif sur ses perceptions et en prend conscience. Leibniz oppose ainsi l'aperception aux « petites perceptions » qui demeurent inconscientes.

Libido

Terme latin signifiant « désir amoureux ». Chez Freud, énergie des tendances affectives, dont le noyau est la pulsion sexuelle.

Psychanalyse

Désigne la discipline qui consiste à analyser l'esprit d'un individu, c'est-à-dire les forces qui y agissent et les éléments qui le composent. Créée par Freud, elle a deux facettes : une méthode de diagnostic pour les patients atteints de troubles mentaux mais aussi une construction théorique sur ce qui constitue l'esprit en général.

Pulsions

Venant du latin *pulsio* qui signifie « pousser », ce terme désigne la force qui conduit l'individu à rechercher un bien ou un acte en vue d'une satisfaction. Freud découvre différents types de pulsions inconscientes qu'il divise notamment entre *eros*, la pulsion sexuelle, et *thanatos*, la pulsion de mort.

Refoulement

En psychanalyse, le refoulement désigne le rejet hors de la conscience d'un événement traumatisant ou d'une pulsion en désaccord avec les censures du surmoi.

Lapsus

Signifiant en latin « glissement », ce terme désigne le remplacement d'un mot par un autre, qui, selon la psychanalyse, est un moyen qu'utilise le désir inconscient pour s'exprimer symboliquement dans la conscience.

Hystérie

Terme servant à désigner un ensemble divers de troubles mentaux trouvant leur origine dans un conflit à l'intérieur du psychisme.

Préconscient

Dans la première topique, Freud distingue l'inconscient du préconscient. Le préconscient est un ensemble de perceptions qui n'est pas actuellement présent à la conscience mais dont le sujet peut reprendre conscience. L'inconscient est séparé radicalement de la conscience : il est constitué de forces qui ne peuvent pas être saisies par cette dernière.

Citations

« C'est une grande source d'erreurs de croire qu'il n'y a aucune perception dans l'âme que celles dont on s'aperçoit. » (Leibniz)

« Une conscience dont on ne sait rien, cela me paraît beaucoup plus absurde qu'un psychique inconscient. » (Freud)

« On nomme bien inconscients ceux qui ne se posent aucune question d'eux-mêmes à eux-mêmes. » (Alain)

Fiche 7

Les notions

La justice

L'essentiel du cours

Dans le domaine moral, la justice est une vertu qui nous demande de prendre notre dû et d'attribuer à chacun ce qui lui revient. Dans le domaine politique, la justice représente une institution dont les fonctions principales sont de faire appliquer le droit, de respecter les lois et de tenter de réparer les torts subis par les victimes d'injustices.

La justice dans la cité

- La justice signifie étymologiquement « dire le droit » (*jusdicare*). Cette notion ne saurait se confondre avec la morale. En effet, la morale est tributaire du libre arbitre, alors que la justice s'impose à tous de manière hétéronome et coercitive par l'entremise du droit et des lois.
- Selon Aristote, le juge doit ajuster la généralité de la loi à la particularité du cas à juger. L'équité revient à adapter la loi au fait sans pour autant négliger la norme légale et en fournissant un effort de justice supplémentaire. C'est un « amendement du juste légal » qui fait jurisprudence lors de procès ultérieurs et similaires.

Fondement des lois et désobéissance

- Pour les théoriciens du positivisme juridique, est juste ce qui est conforme au droit en tant qu'il est défini par la loi.
- Selon les partisans d'un jusnaturalisme comme Léo Strauss, il existe « un étalon du juste et de l'injuste qui est indépendant du droit positif ». La désobéissance civile, conçue comme une action de dernier recours face à une atteinte grave de l'intérêt général, est légitime lorsqu'elle est collective, publique, non violente et qu'elle a pour finalité le bien commun et l'amélioration du système de lois.

Les principes de justice sociale

- La justice sociale interroge la juste répartition des biens entre les différents membres de la société. Amartya Sen illustre ce problème ainsi : si trois enfants revendiquent l'appropriation d'une flûte, faut-il la donner au plus apte à en jouer, à celui qui ne possède aucun jouet ou à celui qui a fabriqué la flûte et en a été dépossédé frauduleusement ?
- La théorie de justice libérale-égalitaire de John Rawls postule que des individus ignorant la position sociale qu'ils occuperont, les capacités innées dont la loterie naturelle les aura dotées, ainsi que leur propre conception de la vie bonne s'accorderont sur trois principes fondamentaux : le principe d'égale liberté, le principe d'égalité des chances et le principe de différence, qui consiste à ne tolérer les inégalités que si elles sont bénéfiques aux plus défavorisés.

Concepts à connaître

Justice

Chez Platon et Aristote, la justice est la vertu essentielle qui permet l'harmonie de l'homme avec lui-même et avec ses concitoyens.
De façon plus moderne, la justice se confond tantôt avec l'idéal du droit naturel, tantôt, comme institution d'un État, avec le droit positif.

Droit naturel/droit positif

Alors que le *droit positif* est le droit tel qu'il est réellement établi, et ce de manière variable, dans chaque État, le *droit naturel* est une conception idéale du droit, tel qu'il devrait être pour être conforme aux exigences d'humanité et de justice.

Loi

En politique, règle établie par l'autorité souveraine, à laquelle les sujets de l'État qu'elle organise doivent obéir.
Chez Kant, la loi morale est ce qui, présent chez tout être raisonnable, l'appelle à faire son devoir.

Légal/légitime

Est *légal* ce qui correspond à la loi politique d'une société donnée, à un moment de son histoire. Est *légitime* ce qui a une portée plus universelle : ce qui est moral par exemple, ou naturel. Cela concerne la personne humaine en général et non le citoyen de tel pays.

En fait/en droit

Le voleur détient *en fait* ce qu'il a dérobé, mais non *en droit* : il n'est est pas propriétaire. Considérer ce qu'une chose est en fait, c'est se contenter de la décrire, de constater ce qu'elle est, empiriquement. Considérer ce qu'une chose est en droit, c'est tâcher de montrer ce qu'elle doit être en vertu de sa nature. Ainsi, l'homme privé de liberté est esclave en fait, mais libre en droit, c'est-à-dire par nature.

Morale

Ensemble des devoirs qui s'imposent à l'être humain, en tant qu'être raisonnable, et lui commandent le respect de l'humanité, en lui comme en autrui.
Il faut distinguer les devoirs moraux, universels et absolus, des devoirs sociaux, variables et relatifs.

Universel

Ce qui se dit de tous les éléments d'une classe, sans exception.

Citations

« Ce qu'on ne peut prohiber, il faut nécessairement le permettre. » (Spinoza)

« La loi est dure, mais c'est la loi. » (Maxime de droit romain)

« La justice sans la force est impuissante ; la force sans la justice est tyrannique. » (Pascal)

« Ce n'est pas la vérité, mais l'autorité qui fait le droit. » (Hobbes)

Fiche 8

Les notions

Le langage

L'essentiel du cours

Le langage permet d'user d'un système de signes pour désigner des choses présentes ou absentes, réelles ou imaginaires. Sa portée symbolique déborde le réel. En disant « fleur », rappelle Mallarmé, je peux faire apparaître « l'absente de tous bouquets ». Le langage ne condamne-t-il pas les hommes au malentendu ou à la manipulation ?

Pièges

- Selon Saussure, « ce qui importe dans le mot, ce n'est pas le son lui-même, mais les différences phoniques qui permettent de distinguer ce mot de tous les autres ». Un mot peut être mal prononcé, mais tant que l'on peut le distinguer suffisamment pour ne pas le confondre avec les autres, on peut le comprendre. Aucun mot n'a de sens en lui-même mais toujours relativement à tous les éléments d'une langue.
- Or, selon Nietzsche, les humains oublient l'origine artificielle du langage pour faire comme si les mots avaient une signification naturelle. Primitivement, une langue extrapole des métaphores, et à force de l'utiliser on oublie le sens de ces métaphores et on les prend pour les choses mêmes.

- Bergson nous met en garde, car les mots ont un sens général. La feuille désigne tous les types de feuilles sur tous les arbres possibles. Les mots nous rendent aveugles à l'individualité des choses.

Force politique du langage

- Quand Aristote écrit que « l'homme est un animal politique », il veut dire concrètement qu'il a un langage qui lui permet de saisir le juste et l'injuste. Le langage nous conduit vers des idées plus générales et communes que la simple désignation des choses. Les grands principes comme « Tous les hommes naissent égaux » ne sont possibles que grâce à une langue qui peut s'éloigner de la réalité.
- Selon Machiavel, le peuple ne peut aller au plus près du pouvoir politique, c'est-à-dire « connaître par le toucher ». Il est obligé de s'en remettre à ses déclarations, à ses paroles. Il ne connaît ce pouvoir qu'à partir de l'image qu'il se construit avec ses mots, ce que Machiavel appelle « connaître par la vue ». Le mensonge est donc un des outils du politicien, ce qui est acceptable à condition que ce mensonge serve le bien commun.

Responsabilité de la parole

- Selon le sociologue Bourdieu, on peut résister à ce que la société nous fait dire à travers les mots et leurs connotations sociales. Mais pour cela, il faut « ne dire que ce qu'on veut dire : parler au lieu d'être parlé par des mots d'emprunt, chargés de sens social ». De cette façon, je peux parler en mon propre nom, en tant que sujet responsable de sa parole.

Concepts à connaître

Signe/signal

Le signe permet de désigner une chose en son absence. Il ne doit pas être confondu avec le signal (comme un signal de détresse), qui ne prend sens que dans un contexte précis. Les animaux peuvent envoyer des signaux, mais rares sont ceux qui peuvent également manipuler des signes.

Déterminisme linguistique

Thèse selon laquelle le langage détermine la pensée. Dans le roman *1984* de George Orwell, l'auteur imagine une société qui contrôle la pensée de ses concitoyens en interdisant l'usage de certains mots. Si, comme le dit Hegel, « c'est dans les mots que nous pensons », alors on ne pourrait pas penser ce que l'on ne peut pas nommer.

Parole

Expression d'une pensée personnelle à travers une langue. La langue ne détermine pas entièrement la pensée d'un individu ; celui-ci n'est pas le réceptacle passif d'un vocabulaire et d'une grammaire, il peut trouver une liberté au sein des codes linguistiques et parvenir à créer artistiquement.

Dialogue

Échange entre deux personnes. Les humains sont les seuls animaux capables de dialoguer, car ils peuvent parler de ce qui est absent, contrairement à des abeilles qui ne transmettent des informations qu'au sujet du pollen qu'elles butinent. Les interlocuteurs doivent donc user correctement des mots et résister à la tentation de mentir, par exemple. Un dialogue est ainsi un échange d'informations aussi bien qu'une épreuve éthique.

Langue

Ensemble institué de signes et de règles grammaticales que partage une communauté humaine donnée. La langue se distingue du langage en ce sens qu'elle est une incarnation du langage objectif dans une communauté vivante.

Ineffable

Ce qui ne peut être dit, soit parce que l'on suppose qu'il n'existe aucun mot pouvant l'exprimer, soit parce que ce qui est à dire reste confus, obscur.

Citations

« C'est dans les mots que nous pensons. » (Hegel)

« Les vérités sont des illusions dont on a oublié qu'elles le sont, des métaphores qui ont été usées et vidées de leur force sensible. » (Nietzsche)

« Nous ne voyons pas les choses mêmes ; nous nous bornons, le plus souvent, à lire des étiquettes collées sur elles. » (Bergson)

« Le fait que nous puissions ordonner et comprendre les ordres est un bienfait du langage, et sans doute le plus grand. » (Hobbes)

« Résister aux paroles, ne dire que ce qu'on veut dire : parler au lieu d'être parlé par des mots d'emprunt. » (Bourdieu)

La liberté

L'essentiel du cours

La liberté est habituellement comprise comme la possibilité de faire ce que l'on veut sans subir de contraintes. La liberté s'interroge sous deux points de vue : celui de son mode d'existence pour le sujet; celui de ses déploiements politiques et juridiques, puisque l'État et le droit peuvent se faire à la fois garants et oppresseurs de notre liberté.

Hobbes : la liberté dans la loi

- Dans son *Léviathan*, Hobbes définit la liberté comme l'absence de contraintes s'opposant à la volonté du sujet. La difficulté est que les hommes, en concurrence pour les mêmes biens, peuvent devenir des entraves les uns pour les autres.
- Or, il faut que l'homme soit assuré de ne subir aucune attaque pour pouvoir décider, selon sa raison, quelles actions sont bonnes pour lui. C'est donc la sécurité qui est la garantie de la liberté humaine.
- L'État, à travers les lois et les contraintes qu'il impose – à moi comme à autrui –, sert donc la liberté humaine. L'autorité politique restreint à la fois les potentialités d'action de chaque sujet et les menaces qui planent sur chacun d'eux.

Spinoza : la liberté par la connaissance

- La volonté peut subir différentes influences, que la société, notre corps, nos gènes, etc., déterminent.
- On voit ainsi combien il est complexe de dire qu'en obéissant à sa volonté, on n'obéit qu'à soi-même : on obéit en réalité à une somme indéfinie de causes dont on ignore parfois jusqu'à l'existence. Cette liberté serait une illusion pour Spinoza.
- Il montre alors dans *L'Éthique* que la liberté est toujours liée à la connaissance : plus on connaît le monde et soi-même, plus on comprend les causes qui provoquent sur soi des effets, et plus on est apte à les maîtriser et à agir.

Kant : la liberté dans l'obéissance à la loi morale

- On considère souvent qu'être libre consiste à être indépendant, c'est-à-dire à agir comme on le souhaite sans que cela dépende de l'accord d'un tiers. Cependant, l'indépendance est un degré de liberté très bas.
- Dans la *Critique de la raison pratique*, Kant affirme que le sens plein de la liberté réside en fait dans l'autonomie, c'est-à-dire dans la capacité de se donner à soi-même sa propre loi. Il s'agit de se fixer une ligne de conduite et de s'y tenir. On est libre en ne satisfaisant pas à ses désirs, mais en obéissant à un autre type d'injonction : l'impératif catégorique de la loi morale, car on suit ainsi un mouvement qui nous est propre.

Concepts à connaître

Autonomie

Contre le sens commun, qui définit la liberté par la possibilité de l'assouvissement des désirs, Kant montre qu'il n'y a de liberté que dans l'autonomie, c'est-à-dire dans la capacité à obéir à la loi morale, qui, issue de la raison, assure notre indépendance à l'égard de tout motif extérieur et pathologique.

Indépendance

L'indépendance est une forme de liberté qui ne repose sur aucun apport extérieur et n'est donc pas soumise à des conditions hors de notre contrôle. Matériellement, cela s'exprime par une forme de contrôle sur nos biens et nos finances. Moralement, cela signifie être dégagé de tout lien de soumission ou d'autorité avec d'autres individus ou valeurs.

Libre arbitre

Capacité de se déterminer par soi-même, pouvoir de choisir. Seul l'homme possède un libre arbitre, le comportement des animaux étant prédéterminé par ce que l'instinct commande.

Volonté

Un acte est volontaire quand il trouve son principe dans une libre décision du sujet. À la différence du désir, qui est une inclination ou un penchant subi, la volonté est un principe actif par lequel l'homme affirme sa capacité à se détacher de ses désirs et pose ainsi sa liberté.

Déterminisme

Relation nécessaire entre une cause et son effet. On parle de déterminisme naturel pour désigner le fait que tous les phénomènes naturels sont soumis à des lois nécessaires d'enchaînement causal.

Devoir

Il faut distinguer *le* devoir, obligation morale valant absolument pour tout, et *les* devoirs, obligations sociales, liées à une charge, une profession ou un statut, qui n'ont qu'une valeur relative et ne peuvent prétendre à l'universalité.
Kant fait de l'impératif catégorique de la moralité l'énoncé de notre devoir en tant qu'êtres raisonnables.

Impératif catégorique

Commandement moral qui, selon Kant, émane de la raison pratique pure, c'est-à-dire indifférente aux désirs et aux circonstances. À la différence des impératifs hypothétiques qui énoncent une maxime de prudence (« si tu veux ceci, fais cela »), l'impératif catégorique énonce un commandement universel qui a valeur de principe absolu que Kant formule entre autre ainsi : « Agis uniquement d'après la maxime qui fait que tu peux vouloir en même temps qu'elle devienne une loi universelle. »

Citations

« La liberté de la volonté se connaît sans preuve par la seule expérience que nous en avons. » (Descartes)

« Les hommes se croient libres pour la seule raison qu'ils sont conscients de leurs actions et ignorants des causes par quoi elles sont déterminées. » (Spinoza)

« L'homme est né libre, et partout il est dans les fers. » (Rousseau)

La nature

L'essentiel du cours

La nature est une totalité qui désigne l'environnement biophysique et les êtres qui le composent. Traditionnellement, on distingue ce qui est naturel – ce qui existe spontanément, de manière autonome ou sauvage – de ce qui est culturel – ce qui a été modifié par l'homme dans cette nature pour la connaître, l'exploiter, la dominer.

L'ordre de la nature

- Dès l'Antiquité, les premiers philosophes atomistes théorisent l'existence de particules imperceptibles et insécables, les atomes, dont les mouvements et les rencontres produiraient tous les phénomènes naturels.
- À l'origine des lois physiques, Platon suppose l'existence d'un démiurge, un Dieu artisan du monde. Il défend une vision finaliste de la nature : elle serait organisée intentionnellement, et chacun des êtres qui la composent tiendrait sa place selon un but prédéterminé.
- Spinoza souligne que l'homme n'est pas « comme un empire dans un empire » mais qu'il fait partie intégrante de la nature et que par conséquent son action est nécessairement déterminée par les lois qui la régissent. Il n'y a pas de place pour la contingence. Le baron d'Holbach reprendra cette pensée sur le plan scientifique pour théoriser un déterminisme universel d'après lequel tous les phénomènes de la nature seraient prévisibles selon l'enchaînement des causes et des effets.

Une nature humaine ?

- Dans l'histoire de la philosophie, il n'y a jamais eu consensus sur ce qu'est la nature humaine. Contre la « mauvaise foi » de l'innéisme, Sartre défend un existentialisme selon lequel l'homme est individuellement responsable de ce qu'il fait mais aussi de ce qu'il est.
- Pour Durkheim, l'homme est d'abord le produit de la culture et plus particulièrement de son éducation. Le fait social désigne toute manière d'agir, de penser, de vivre imposée de l'extérieur à l'individu, qui progressivement les intègre par un processus que l'on appelle « acculturation ».

Une éthique écologiste

- La nature peut sembler menacée dans son équilibre par les excès du progrès technique. Pour Bergson, la technique s'inscrit dans le développement naturel de l'homme, mais il souhaite qu'une réflexion éthique puisse lui servir de cadre en amont.
- À la fin des années 1970, Jonas défend un principe de responsabilité à l'égard des générations futures et appelle à ralentir le progrès technique. L'idée d'une nécessaire décroissance n'est donc pas une nouveauté. Plus pessimiste, la collapsologie étudie l'inévitabilité d'un effondrement de la civilisation.

Concepts à connaître

Nature

Notion polysémique qui peut désigner tantôt l'environnement biophysique et les espèces qui l'habitent, tantôt les principes qui gouvernent cette nature (les lois de la nature), mais aussi l'essence d'un être, c'est-à-dire ce qui le définit et les caractères qu'il possède de manière innée.

Atomisme

Courant matérialiste de l'Antiquité qui considère que l'univers est composé d'atomes, c'est-à-dire de particules élémentaires littéralement insécables (bien que ce que l'on appelle aujourd'hui « atome » puisse être divisé). Le mouvement de ces atomes et leurs rencontres dans le vide produiraient les phénomènes naturels. Leucippe, Démocrite et Épicure sont les grands noms de l'atomisme.

Déterminisme universel

Théorie qui considère que tout est enchaînement de causes et d'effets dans la nature. Si tout est déterminé en vertu du principe de causalité, du passé et des lois physiques, la possibilité du hasard et celle de la contingence sont écartées au profit d'une calculabilité des phénomènes.

Contingent/nécessaire

Est contingent ce qui aurait pu se produire autrement. Les actions humaines sont souvent considérées comme contingentes, donc libres. Est nécessaire ce qui ne peut être autrement ou ce qui ne peut pas ne pas avoir lieu. Les phénomènes naturels sont régis par la nécessité des lois de la nature.

Démiurge

Terme qui désigne tout dieu à l'origine de la création de l'univers dans diverses cosmogonies.

Finalisme

Théorie qui présuppose un dessein dans la nature et un but pour chaque être qui la compose.

Existentialisme

Courant philosophique qui refuse toute prédétermination dans les choix que font les hommes. Pour Sartre, il n'y a pas de nature humaine : « l'homme est ce qu'il fait » et doit en assumer l'entière responsabilité.

Acculturation

Processus par lequel un individu (ou un groupe d'individus) intègre les normes et comportements culturels d'une communauté avec laquelle il est en contact.

Écologie

Étymologiquement, science qui se préoccupe de la maison (*oikos*), donc des conditions d'existence des êtres vivants mais aussi des rapports qu'ils entretiennent dans et avec cet environnement.

Citations

« La nature ne fait rien en vain. » (Aristote)

« Il n'y a rien de contingent dans la nature des choses ; elles sont au contraire déterminées par la nécessité de la nature à exister et à opérer d'une manière certaine. » (Spinoza)

La raison

L'essentiel du cours

La raison peut être définie comme la faculté de juger qui permet de réaliser aussi bien un raisonnement spéculatif qu'un raisonnement pratique sur nos actions. Cependant, l'expérience démontre que les erreurs de calcul sont légion et que la distinction du bien et du mal varie d'un individu à l'autre. Le paradoxe de la raison repose sur sa prétention à formuler des jugements universels et vrais, et sur le constat de son incapacité à dégager des certitudes universelles.

Platon et le *noùs*

● Dans *La République*, Platon distingue trois parties dans l'âme humaine. Il y a la partie désirante, l'*epithumia*, directement liée à la satisfaction des besoins ; la partie qui rend possibles les actions courageuses, le *thumos*, soumettant le corps à une volonté rationnelle ; enfin, la partie rationnelle, le *noùs*, qui offre à l'homme l'activité contemplative. Le *noùs* est tourné vers les Idées et permet de contempler la vérité, c'est pourquoi il doit diriger l'âme humaine.

Le *cogito* cartésien

● Descartes, dans les *Méditations métaphysiques*, doute des connaissances venant tant des sens que de la raison : nous ne pouvons jamais nous fier à nos sens pour atteindre la vérité, car on constate régulièrement qu'ils nous trompent, tout comme nous commettons des erreurs de raisonnement.

● Pourtant, il y a une vérité dont on ne peut douter : c'est l'expérience du *cogito*. Quand je doute, il n'y a qu'une chose qui demeure, quel que soit l'objet dont je doute : le sujet à l'origine de ce doute et donc de la pensée. Je suis alors avant tout comme une capacité à raisonner.

Kant et l'illusion transcendantale

● Kant, dans la *Critique de la raison pure*, montre que notre faculté raisonnante peut se tourner dans deux directions.

● L'entendement, d'une part, s'intéresse aux choses sensibles pour les intégrer dans des concepts. Par exemple, lorsque l'on voit un hêtre et un chêne, l'entendement trouve ce qui les unit malgré leur diversité et dégage le concept d'arbre.

● D'autre part, la raison a tendance à chercher des concepts qu'elle voudrait certains sur des objets dont elle ne peut faire l'expérience. C'est le cas précisément quand la raison tente de savoir si des objets tels que Dieu, l'âme ou le monde existent. Or, sans expérience sensible, la raison est totalement impuissante et ne peut dégager aucune vérité.

Concepts à connaître

Théorie

Du grec *theôria*, « contemplation ». Ensemble de connaissances qui s'oppose ordinairement à la pratique, laquelle en est l'application. Une théorie est un ensemble cohérent d'énoncés rationnels. Les philosophes grecs la distinguent de la dimension pratique de l'existence, c'est-à-dire celle du domaine de l'action morale ou politique, et de la dimension poétique, celle qui consiste à produire ou à créer un objet ou une œuvre.

Déduction

Raisonnement qui, partant de prémisses, établit une conclusion nécessaire. Sa validité repose sur les règles de la logique.

Induction

Mode de raisonnement qui consiste à tirer des lois générales de faits particuliers.

Syllogisme

Raisonnement logique constitué de deux propositions (prémisses) à partir desquelles on peut déduire une troisième proposition qui en découle logiquement (par exemple : tous les hommes sont mortels, or les Grecs sont des hommes, donc les Grecs sont mortels).

Principe de non-contradiction

Principe fondamental de la logique énoncé par Aristote selon lequel on ne peut affirmer une chose et son contraire en même temps et sous le même rapport.

Axiome/théorème/postulat

Un *axiome* est le principe premier indémontrable mais réputé évident d'un raisonnement déductif. Il se distingue du *théorème*, qui est une proposition démontrée, et du *postulat*, qui désigne littéralement une proposition non démontrée que l'on demande d'accepter pour effectuer un raisonnement.

Erreur

Du latin *errare*, « errer ». Affirmation fausse, c'est-à-dire en contradiction soit avec les règles de la logique, soit avec les données de l'expérience. À distinguer de la faute, qui possède une connotation morale et ne concerne pas tant le jugement que l'action.

Citations

« La puissance de bien juger, et de distinguer le vrai d'avec le faux, qui est proprement ce que l'on nomme le bon sens ou la raison, est naturellement égale en tous les hommes. » (Descartes)

« Le plus utile pour les hommes, et de beaucoup, est de vivre suivant les lois et les injonctions certaines de la raison. » (Spinoza)

« Tu trouveras que ce sont les sens qui les premiers nous ont donné la notion de la vérité, et que leur témoignage est irréfutable. » (Lucrèce)

La religion

L'essentiel du cours

La religion est un système de dogmes consolidés par des pratiques ritualisées dans le cadre d'un culte, le plus souvent assuré par une institution hiérarchisée. Mais, de l'opinion incertaine à cette conviction intime et inébranlable que l'on appelle aussi la « foi », il existe divers degrés de croyance.

Le besoin de croire

- La foi n'est pas une croyance ordinaire car elle implique un engagement qui abandonne le doute. Kierkegaard parle d'un véritable « saut dans la foi » : ne parvenant pas à répondre à l'angoisse du possible, c'est-à-dire à l'imprévisibilité des événements, l'homme choisit d'accorder son entière confiance à Dieu (l'espérance) pour donner sens à sa vie.
- Selon Marx, la religion est « l'opium du peuple » opprimé par le système économique capitaliste. Pour échapper à la misère, le prolétariat exploité se réfugie dans la promesse d'un meilleur au-delà au lieu de se battre pour cet idéal. Source de consolation mais surtout d'aliénation, la religion constitue un instrument politique redoutable.

Chercher la vérité : le conflit entre science et religion

- Étymologiquement, le sacré, contrairement au profane, est ce qui est « séparé » du monde naturel, ce pour quoi il ne peut être expliqué ou rationalisé. C'est pour cette raison que malgré les théories évolutionnistes de Darwin et celle du big bang, le créationnisme, selon lequel le monde aurait été créé par une puissance divine transcendante, subsiste encore aujourd'hui.
- Selon Spinoza, la religion est « un asile de l'ignorance » pour celui qui veut des réponses sans chercher les véritables causes de la Nature. Mais la science ne se préoccupe que du « comment » et non du « pourquoi » des phénomènes, d'où le fait que raison et foi se complètent.

L'existence de Dieu

- Aristote est le premier à argumenter de manière logique en faveur de l'existence d'un dieu défini comme « le premier moteur immobile », nécessaire en tant que première cause pour comprendre l'origine des mouvements dans la nature.
- Bien que Descartes défende la nécessité du doute dans la recherche de la vérité, il reprend l'argument ontologique de saint Anselme pour démontrer la nécessité de l'existence de Dieu à partir de son essence : Dieu doit exister, sinon il ne serait pas parfait et ne serait pas Dieu.
- Au XVIIIe siècle apparaît la religion naturelle : il s'agit d'un déisme, c'est-à-dire d'une croyance en une puissance transcendante dont la présence se manifeste dans l'harmonie des lois de la nature plus que dans les textes.

Concepts à connaître

Religion

Système de croyance qui lie des fidèles (la foi) à une ou plusieurs divinités et ensemble de pratiques rituelles (le culte) exercées au sein d'une institution (une église).

Dieu

Entité transcendante créatrice du monde, dont les attributs traditionnels sont, sur le plan métaphysique, la perfection, l'infinité, l'éternité, l'immutabilité, l'omnipotence et l'omniscience, et, sur le plan moral, l'amour, la bonté, et la justice.

Transcendance

Du latin *transcendere*, « passer au-delà, surpasser ». Par opposition à l'immanence, est transcendant ce qui existe au-delà du monde sensible de l'expérience, de manière radicalement séparée. On parlera ainsi de la transcendance divine.

Croyance/foi

La *croyance* est une adhésion conditionnelle à quelque chose, c'est-à-dire reposant sur des indices ou des raisons de croire. Elle se distingue du savoir en ce qu'elle peut être fausse.

Distincte de la croyance, la *foi* est l'adhésion inconditionnelle à un contenu de pensée révélé, c'est-à-dire une confiance absolue qui précède et excède tout indice ou raison de croire. Contrairement à la croyance, elle est d'un autre ordre que la raison.

Déisme

Le déisme est une forme de croyance en l'existence de Dieu qui rejette toute autorité sous forme de dogme ou de pratique religieuse. La religion naturelle est un déisme car elle s'oppose à la religion révélée, celle des Écritures. C'est la raison qui démontre la nécessité de l'existence de Dieu.

Créationnisme

Croyance religieuse qui défend l'idée que le monde est le produit d'une création divine malgré le consensus scientifique qui soutient que l'origine de l'univers dépend de mécanismes naturels et que la vie est le résultat de l'évolution.

Argument ontologique

Ce type d'argument repose sur la définition de ce qui cherche à être démontré. Du grec *ontos* (« l'être »), l'argument ontologique servira à des philosophes tels que Descartes à prouver l'existence de Dieu à partir de son essence, en l'occurrence sa perfection.

Athéisme

Étymologiquement, « absence de Dieu ». Position ou doctrine qui nie l'existence de Dieu. Si l'athée se distingue du croyant, il se distingue aussi de l'agnostique qui n'affirme rien quant à l'existence de Dieu faute de parvenir, par la foi ou par la raison, à en fournir la preuve.

Citations

« Voilà ce qu'est la foi : Dieu sensible au cœur, non à la raison. » (Pascal)

« L'univers m'embarrasse et je ne puis songer que cette horloge existe et n'ait point d'horloger. » (Voltaire)

Fiche 13

La science

L'essentiel du cours

La science correspond à un ensemble de connaissances rationnelles dans un domaine d'étude spécifique et dont les résultats de recherche peuvent prétendre à une validation universelle. Elle répond à la question du « comment », c'est-à-dire selon quelles lois et dans quel ordre se produisent les phénomènes.

Définir la science

- Le terme de *science* renvoie à différentes pratiques telles que les mathématiques (science formelle), la physique ou la biologie (sciences empiriques), mais également l'histoire ou la sociologie (sciences humaines). La science tente de connaître et de formuler par un langage artificiel (équations, concepts) les lois (relations cause / effet) qui régissent des phénomènes observables, ou de fonder des connaissances abstraites à partir de raisonnements logiques.
- Karl Popper propose le critère de réfutabilité (*falsifiability*) pour établir une ligne de partage entre ce qui relève de la science et ce qui n'en a que l'apparence. Il considère comme scientifiques les théories qui peuvent être infirmées à partir d'un protocole expérimental. Selon lui, « l'irréfutabilité n'est pas une vertu mais un défaut » : pouvoir toujours corroborer une prédiction par une observation n'équivaut pas à prouver de manière indubitable la théorie.

La méthode scientifique

- La démarche scientifique prend sa source dans l'empirisme philosophique, qui considère que l'accès au savoir s'effectue par l'intermédiaire des sens et de l'expérience. Les sciences modernes, et notamment la physique newtonienne, utilisent comme modèle la méthode empirique.
- Le scientifique procède par inférences abductives : il choisit parmi plusieurs hypothèses la plus probable en fonction du contexte. Une hypothèse n'est donc pas une simple conjecture mais l'élucidation cohérente d'un problème par l'usage de la raison, de l'intuition et de l'imagination.

Le progrès des sciences

- Selon Auguste Comte, l'esprit humain passe par trois états théoriques : l'état théologique, qui assimile les phénomènes naturels à des forces surnaturelles ; l'état métaphysique, qui les considère comme des abstractions personnifiées ; l'état scientifique ou positif, qui établit les lois de la nature à partir des phénomènes observables.
- L'histoire des sciences montre que l'évolution du savoir n'est pas linéaire ni progressive. Parfois, il faut changer de modèle explicatif et de paradigme. Les révolutions scientifiques, selon Thomas S. Kuhn, interviennent lors de périodes de crise, c'est-à-dire lorsque des anomalies contredisent les prévisions effectuées dans le cadre du paradigme qui gouverne la science normale.

Concepts à connaître

Sciences pures/ sciences expérimentales

Les *sciences expérimentales* se rapportent à des objets donnés dans l'expérience sensible ; leurs énoncés peuvent être soumis à des contrôles expérimentaux.

Les *sciences pures* (ou formelles) que sont les mathématiques et la logique construisent leur objet par des déductions à partir d'axiomes, sans besoin de référents expérimentaux.

Sciences humaines

Sciences qui prennent pour objet d'étude l'homme et qui s'intéressent à ses différentes activités. Parmi elles, retenons l'histoire, la psychologie, l'anthropologie, l'économie, la sociologie, les sciences politiques et la linguistique.

Épistémologie

Du grec *épistémé*, « science », et *logos*, « discours ». Partie de la philosophie qui étudie la démarche scientifique et s'interroge sur les fondements de la science et la validité de ses énoncés.

Fait

Donnée constatable de l'expérience, dont l'objectivité est cependant discutable, dans la mesure où son sens dépend d'une interprétation et d'une construction théorique préalable, en particulier dans les sciences.

Connaissance

Du latin *cognitio*, « action d'apprendre ». Activité de l'esprit par laquelle l'homme cherche à expliquer et à comprendre la réalité.

Expérience

On peut distinguer quatre sens principaux de l'expérience :

- l'expérience sensible : percevoir le monde à l'aide de nos sens ;
- l'expérience scientifique, ou expérimentation, qui est un dispositif réglé de vérification des théories scientifiques ;
- le savoir-faire technique acquis à force de pratique ;
- la sagesse acquise par l'homme d'expérience au contact des épreuves de la vie.

Comprendre/expliquer

Distinction opérée par Dilthey pour rendre compte de la différence entre les sciences de la nature et « les sciences de l'esprit » : alors que les phénomènes naturels nécessitent une approche *explicative*, en ce qu'ils obéissent à des causes, l'homme, comme sujet libre, et les activités humaines, doivent être *compris*, car ils sont porteurs de sens, d'intentions, de projets, qu'aucune causalité stricte ne peut expliquer.

Falsifiabilité

De l'anglais *to falsify*, « réfuter ». En épistémologie, terme employé par Karl Popper pour caractériser les théories scientifiques, en tant qu'elles sont toujours susceptibles d'être infirmées par l'expérience, sans pour autant pouvoir être définitivement confirmées par elle.

Citations

« L'expérience : c'est là le fondement de toutes nos connaissances ; et c'est de là qu'elles tirent leur première origine. » (Locke)

« Le critère de la scientificité d'une théorie réside dans la possibilité de l'invalider, de la réfuter ou encore de la tester. » (Popper)

Fiche 14

La technique

L'essentiel du cours

La technique, du grec *technè*, se présente comme un *pur moyen* servant une finalité : elle est le fruit de l'ingéniosité et de la raison humaines, qu'il s'agisse d'un produit fini fabriqué pour servir une volonté humaine ou d'un savoir-faire permettant de fabriquer des objets techniques.

Sortir de l'indigence naturelle au moyen de la technique

● Le mythe de Protagoras (Platon) révèle l'ambiguïté de la technique. Elle y est expliquée par l'insuffisance de l'homme à survivre par des moyens naturels. Le mythe montre que la technique est en même temps la marque de la misère de l'homme, qui est inférieur au reste du règne animal, et celle de sa grandeur, puisqu'elle l'élève au rang des dieux en lui octroyant le pouvoir quasi magique de modifier la nature selon sa volonté.

● La technique peut ainsi être utilisée comme un instrument pour maîtriser la nature et satisfaire ses besoins. Descartes, dans le *Discours de la méthode*, VI, explique qu'il est de son devoir moral de faire connaître les vérités scientifiques qu'il connaît (et découvre) pour les rendre utiles au monde. C'est de cette façon que l'homme peut se rendre « comme maître et possesseur de la nature ».

L'homme, un être technico-dépendant

● Mais la technique n'a pas que de bons côtés : certains arguments montrent qu'elle affaiblit l'homme. Platon, dans le mythe de Theuth, critique l'écriture : la possibilité d'écrire atrophie la mémoire des hommes, car ils ne sont plus obligés de se souvenir des choses eux-mêmes, « de l'intérieur », pouvant se servir des écrits pour s'en souvenir « de l'extérieur ».

● Dans le *Discours sur l'origine et les fondements des inégalités parmi les hommes*, Rousseau introduit l'idée d'une forme de dépendance à l'égard des nouvelles commodités. Non seulement les corps se sont « amollis » au même titre que les esprits, mais, plus encore, l'aisance avec laquelle il est possible de satisfaire ses besoins génère sans cesse de nouveaux désirs.

La technique comme voie d'accès à l'être

● Heidegger, dans *Être et Temps*, invite à voir dans la technique un mode privilégié du dévoilement de l'être, c'est-à-dire de notre rapport au monde. La technique moderne, en particulier, consiste en un *arraisonnement* (*Gestell*) de la nature, autrement dit une soumission forcée. Contrairement au pont qui enjambe la rivière, établissant une sorte d'harmonie entre l'homme et la nature, la centrale hydraulique somme en effet le fleuve de fournir son énergie.

Concepts à connaître

Technique

Du grec *technè*, « art ». Moyen de parvenir à un but, savoir-faire dans la réalisation d'une activité.
Heidegger oppose à cette conception instrumentale de la technique, la technique comme mode de pensée de la modernité qui nous conduit à tout envisager en termes de maîtrise et de rentabilité.

Outil

Instrument artificiel produit par l'homme et qui lui permet d'accroître l'efficacité de son travail. Ainsi, par exemple, la scie est un outil du menuisier : elle est un instrument artificiel qui prolonge sa main et son bras en vue de la transformation plus aisée du bois.

Machine

Du grec *mèchané*, « ruse ». Traditionnellement, la machine est considérée comme une ruse contre la nature. Elle sert de modèle à la science et notamment à la physique. La nature entière peut ainsi être considérée comme une machine dont il s'agit de percevoir les rouages.

Artisan/ouvrier

L'*artisan* est un travailleur qui maîtrise une technique et produit grâce à elle des objets essentiellement utiles qui portent son empreinte. C'est en quoi on peut le distinguer (avec Marx) de l'*ouvrier* : n'assurant qu'une partie de la production d'un objet en série, celui-ci n'y imprime pas sa marque et ne peut s'y reconnaître (l'ouvrier est ainsi aliéné dans son produit).

Progrès

Si on l'oppose souvent à la stagnation et au déclin, le progrès ne désigne pas nécessairement un développement positif. Il peut être négatif (le progrès d'une maladie).
La question du progrès porte essentiellement sur son objet (de quoi y a-t-il progrès ?), sa finalité (pourquoi le progrès ?) et sa destination (où va le progrès ?). Cette interrogation s'est accentuée depuis que le lien entre progrès technique et progrès moral (ou encore social, politique, culturel) a perdu de son évidence.

Technocratie

Au sens premier, pouvoir (*cratos*) de la technique. Désigne aujourd'hui le pouvoir accru des experts dans le domaine des affaires publiques (administration).

Citations

La science a pour but de « nous rendre comme maîtres et possesseurs de la nature ». (Descartes)

« Loin d'être le surveillant d'une troupe d'esclaves, l'homme est l'organisateur permanent d'une société des objets techniques qui ont besoin de lui comme les musiciens ont besoin du chef d'orchestre. » (Simondon)

Fiche 15

Le temps

L'essentiel du cours

Donner une définition claire du temps pose problème : le temps est-il une donnée objective, qui existerait quand bien même rien d'autre n'existerait, ou n'est-il que subjectif, relatif aux individus ? La difficulté de la notion consiste à savoir s'il existe une réalité derrière le concept de temps ou si l'on ne peut connaître que ses effets.

Le temps objectif, une illusion humaine

- Platon, dans le *Timée*, explique que le temps est consubstantiel au monde : la création du monde, avec l'alternance des jours et des nuits ou celle des saisons, induit du même fait la création du temps. Il existe en ce sens un temps dit « objectif » qui s'impose comme une donnée universelle et éternelle.
- Pourtant, on constate avec l'amélioration des appareils de mesure que l'objectivité du temps s'étiole : la durée des jours en réalité varie. Considérer le temps comme une mesure objective repose donc sur un consensus humain.

Le temps du devenir

- La première manière d'appréhender le temps, c'est de le considérer comme devenir. Dans ses *Fragments*, Héraclite le définit comme un écoulement ininterrompu d'instants au cours duquel rien ne demeure identique à soi. D'un instant à l'autre, la composition d'un fleuve, les poissons qui le peuplent ou sa température sont déjà modifiés.
- Héraclite peut alors affirmer que « l'on ne se baigne jamais deux fois dans le même fleuve » : c'est la possibilité du *même*, de l'identité, qui est pulvérisée par le flux destructeur du temps. On comprend dès lors que, considéré comme devenir, le temps n'a guère d'essence ni de définition.

La temporalité du devenir rend la réalité inconsistante

- Dans son *Poème*, Parménide montre que le devenir est une impasse : pourquoi porter de l'intérêt aux objets et aux individus dont l'être, d'un instant à l'autre, aura disparu pour se muer en un autre ? Quiconque s'interroge sur la nature de ce qui nous entoure se trouve donc face à deux voies : l'être et le devenir.
- La première voie est la seule valable, étant celle qui ne se délite pas d'un instant à l'autre, qui demeure la même à travers le temps et toujours identique à soi : c'est l'Être véritable. C'est ainsi finalement l'instant qui dans cette temporalité éternelle n'existe plus, puisqu'il n'y a plus de rupture temporelle. La voie de ce qui existe véritablement est donc celle de l'éternité, celle des lois mathématiques et des dieux.

Concepts à connaître

Existence

Du latin *exsistere*, « se tenir hors de, sortir de ». D'après la phénoménologie, seul l'homme existe, dans la mesure où seul il est capable de se jeter hors de lui-même pour se rapporter à soi et au monde.

Heidegger oppose ainsi l'existence humaine à « l'être-là-devant » des choses.

Instant

Unité de temps, ce qui ne dure pas mais « passe » toujours dans le temps. L'instant est l'équivalent spatial du point.

Durée

Alors que le temps, comme grandeur physique homogène et mesurable, se réduit à une suite discontinue d'instants ponctuels, la durée désigne le temps subjectif, tel que nous le vivons, qui transcende toujours l'instant ponctuel en empiétant sur le passé et l'avenir.

Bergson montre ainsi que la durée, ou temps vécu, est hétérogène, continue et qualitative, contrairement au temps physique, qui n'en est que la spatialisation abstraite pour les besoins de l'action.

Espace

Étendue géométrique, telle que l'a formalisée Euclide. Descartes en fait une « substance étendue », aux caractéristiques strictement géométriques, ouvrant le champ à la physique moderne.

Kant considère l'espace et le temps comme des formes *a priori* de notre sensibilité, autrement dit non pas des réalités objectives existant par soi, mais des structures de l'esprit, conditions de possibilité de toute expérience.

Identité

Du latin *idem*, « même ». Ce qui fait qu'une chose demeure la même à travers le temps malgré les changements.

Éternel/immortel

Est *éternel* ce qui est soustrait au devenir temporel, ce qui n'a ni commencement, ni fin dans le temps. Est *immortel* ce qui a un commencement dans le temps, mais qui n'a pas de fin et qui dure donc dans le temps.

Finitude

Caractère de ce qui est fini, c'est-à-dire borné dans l'espace et le temps. L'existence humaine peut être dite finie dans la mesure où elle a un commencement (la naissance) et une fin dans le temps (la mort). C'est l'horizon existentiel de la mort qui fait que l'homme ne peut pas ne pas être considéré comme fini.

Citations

« Le temps est l'image mobile de l'immobile éternité. » (Platon)

« L'univers dure. Plus nous approfondissons la nature du temps, plus nous comprenons que la durée signifie invention, création de formes, élaboration continue de l'absolument nouveau. » (Bergson)

Le travail

L'essentiel du cours

Le travail est une activité humaine qui repose sur l'effort prolongé en vue d'un gain, qu'il s'agisse d'un gain matériel (la production d'un objet) ou économique (un salaire). Le travail est à la fois quelque chose de pénible – il est la marque de notre finitude (de nos besoins et de la difficulté à les satisfaire) – et le moyen de dépasser cet état de besoin. En effet, le travail apparaît également comme ce qui nous dégage de la nécessité physique et des dangers du monde. Pourquoi le travail est-il dès lors si négativement perçu ?

La valeur du travail

- Aristote, dans l'*Éthique à Nicomaque*, interroge la valeur propre au travail et distingue deux catégories d'activités : celles qui sont pratiquées pour elles-mêmes (*praxis*) – jouer de la musique, par exemple – et celles qui sont réalisées en vue d'autre chose (*poiesis*) – faire des gammes pour savoir jouer de la musique. La *praxis* est supérieure à la *poiesis* : elle est sa propre fin. La *poiesis* n'est qu'un moyen qui n'a pas de valeur pour elle-même.
- Aristote valorise ainsi la *scholè*, la vie de loisir intellectuel (relevant de la *praxis*). Au contraire, travailler est dévalorisé : dès lors qu'il atteint sa finalité, il cesse d'être nécessaire (relevant donc de la *poiesis*).

Le travail : instrument de servitude et moyen de libération

- Le travail est, selon Hegel, ce qui nous humanise, car en transformant la nature, l'homme la maîtrise et se transforme lui-même, comme il le démontre dans « la dialectique du maître et de l'esclave » (*Phénoménologie de l'esprit*). Lorsque deux individus se rencontrent, une lutte pour le pouvoir se produit. Au terme du conflit, l'un des deux abandonne, pour préserver sa vie de la puissance du plus fort : il sera l'esclave et deviendra l'instrument de la liberté du maître qui jouit de son travail. De son côté, l'esclave travaille et développe sa conscience en humanisant la nature. Il prend conscience de soi et du fait qu'il est le maître de la nature, mais se rend compte également qu'il est maître de soi, contrairement au maître, qui ne sait pas maîtriser ses passions. L'esclave s'émancipe donc grâce au travail.

Le travail est une aliénation

- Dans *Le Capital*, Marx montre que le travail, tel que l'a transformé la société bourgeoise, aliène le travailleur prolétaire. L'ouvrier, à la différence de l'artisan, n'est pas maître de son travail : il s'insère dans une organisation qu'il ne contrôle pas. Cette dépossession est manifeste dans le cas du travail à la chaîne, où une machine impose son rythme à l'ouvrier.

Concepts à connaître

Travail

Étymologiquement, « instrument de torture ». Activité humaine de transformation de la nature en vue de la satisfaction des besoins. Le travail est un phénomène essentiel de la culture et un des fondements de toute société. Hegel montre que le travail est libérateur, dans la mesure où il permet de s'affranchir de la nature en la dominant et de se discipliner soi-même dans l'effort. Il peut prendre différentes formes : celle de la production d'un bien, celle de l'effort dans une pratique ou encore celle du salariat.

Loisir

La culture gréco-latine désigne par loisir (*skholê* en grec, qui a donné « école » ; *otium* en latin, qui s'oppose à *negotium*, le « négoce », l'activité lucrative) l'activité libre qu'un homme, affranchi du besoin, consacre à l'épanouissement de ses facultés, en particulier intellectuelles (dans le loisir lettré). Il ne faut pas confondre le loisir avec l'oisiveté, qui est un état d'inactivité complète.

Aliénation

Du latin *alienus*, « étranger », de *alius*, « autre ». En droit, désigne le fait de donner ou de vendre. C'est le sens qu'utilise Rousseau dans *Le Contrat social*.

Pour Hegel, Feuerbach et Marx, l'aliénation est le processus par lequel un individu est dépossédé de ce qui le constitue au profit d'un autre, ce qui entraîne un asservissement.

Capitalisme

Système économique et social apparu au XIXe siècle caractérisé par la propriété privée des moyens de production et la recherche du profit (plus-value).

Marx analyse et critique ce « mode de production bourgeois », qui repose selon lui sur l'exploitation du travail salarié, devenu une marchandise, et l'aliénation des travailleurs.

Citations

« C'est par la médiation du travail que la conscience vient à soi-même. » (Hegel)

« Ce qui distingue dès l'abord le plus mauvais architecte et l'abeille la plus experte, c'est qu'il a construit la cellule dans sa tête avant de la construire dans la ruche. » (Marx)

« L'esclave lui-même est une sorte de propriété animée et tout homme au service d'autrui est comme un instrument. Si les navettes tissaient d'elles-mêmes, les chefs n'auraient pas besoin d'esclaves. » (Aristote)

La vérité

L'essentiel du cours

La notion de vérité ne doit pas être confondue avec celle de réalité. La réalité est l'ensemble des choses qui ont une existence objective et constatable, alors que la vérité repose sur la correspondance entre une proposition et la réalité à laquelle elle réfère. Il convient aussi de distinguer les vérités subjectives, qui relèvent de l'opinion et de la croyance, des vérités objectives, qui s'appuient sur des preuves ou des démonstrations.

Les critères de vérité

- Dans le domaine logico-ontologique, la vérité est comprise comme vérité-correspondance. Le critère opérant dans ce champ d'application est celui de l'isomorphisme entre la structure du langage et la réalité.
- Dans le domaine épistémologique, la notion de vérité doit être comprise comme une croyance tenue pour vraie. La question est donc de savoir ce qui justifie qu'un individu ou un groupe d'individus considère telle proposition sur le réel comme étant vraie. Ici, l'évidence ne suffit pas car ce qui semble vrai ne l'est pas nécessairement.
- Dans le domaine de la logique pure, la vérité prend la signification de vérité-cohérence. Le critère à l'œuvre est celui des règles de la logique et notamment le principe de non-contradiction. C'est la cohérence interne d'une proposition qui permet de la considérer comme vraie, c'est-à-dire l'accord entre l'esprit et ses propres conventions.

La vérité à l'épreuve du doute

- Le scepticisme philosophique repose sur l'*épochè*, soit la suspension définitive du jugement. Selon les sceptiques, le doute est nécessairement radical. Il faut renoncer à la croyance en l'existence d'une vérité objective et universellement partagée. La vérité est donc affaire de subjectivité ou, comme l'énonce Protagoras : « L'homme est la mesure de toute chose. »
- À l'inverse, la certitude est le premier symptôme d'une pensée stérile, qui ne produit plus de nouvelles connaissances. Pour Bertrand Russell, cette « arrogance dogmatique » est le symptôme évident d'un esprit borné, d'une pensée sclérosée par les préjugés. Le dogmatique érige son opinion subjective en vérité objective, censée valoir pour tous.
- Dans cette perspective, le doute peut devenir un moyen d'accéder à la vérité. Telle est la démarche cartésienne du doute méthodique et ordonné qui permet d'établir la certitude indubitable de notre existence en tant que sujet pensant et de constituer un fondement solide pour la découverte d'autres vérités.

Concepts à connaître

Vérité

De l'ordre du discours, la vérité doit en cela être distinguée de la réalité. Elle se définit traditionnellement comme l'adéquation entre le réel et le discours. La philosophie, parce qu'elle la recherche, pose le problème de ses conditions d'accès et des critères du jugement vrai.

Adéquation

Désigne en particulier la correspondance entre la chose et l'idée que j'en ai, entre le réel et ce que j'en dis, et définit ainsi traditionnellement la vérité.

Certitude

Assurance subjective de détenir une vérité, en l'absence de toute démonstration ou preuve et qui, donc, peut être fausse.

Croyance

Adhésion à une idée ou une théorie sans véritable fondement rationnel. En ce sens, la croyance est une opinion distincte du savoir et opposée au doute.

Cogito

Mot latin signifiant « je pense ». L'intuition « *cogito ergo sum* » (« je pense, donc je suis ») constitue pour Descartes la certitude première résistant au doute méthodique et, comme telle, le modèle de toute vérité.

Doute méthodique

Méthode cartésienne de mise à l'épreuve des opinions afin de parvenir à une vérité indubitable. Ce n'est ni le doute spontané de l'homme en proie à l'incertitude, ni le doute des sceptiques, qui font de la suspension définitive du jugement une sagesse de vie.
Le doute comme méthode est provisoire, systématique, et hyperbolique, car il a une fonction critique : séparer les opinions des savoirs certains, pour permettre d'asseoir sur des bases inébranlables l'édifice des sciences.

Scepticisme

Doctrine philosophique d'origine grecque qui consiste à douter de tout et à ne rien admettre pour absolument vrai.

Mensonge

Fait de substituer intentionnellement à ce qu'on sait être la vérité un discours destiné à tromper autrui.

Illusion

Du latin *illudere*, « tromper, se jouer de ». Il faut distinguer l'erreur de l'illusion : tandis que la vérité suffit à corriger l'erreur, ce n'est pas le cas de l'illusion : savoir que le soleil est plus grand que la terre ne m'empêche pas de continuer à le percevoir plus petit.

Citations

« Il y a deux sortes de vérités : celle des raisonnements et celle des faits. Les vérités de raisonnement sont nécessaires et leur opposé est impossible, et celles des faits sont contingentes et leur opposé est possible. » (Leibniz)

« Vérité en deçà des Pyrénées, erreur au-delà » (Pascal)

Les types de sujets de dissertation

L'essentiel du cours

Le sujet de dissertation s'exprime sous forme de question. Cette question doit être problématisée : il faut comprendre ce qui y est interrogé, ce qui rend la réponse complexe. Bien repérer le type de sujet permet de situer selon quel axe de réflexion le raisonnement doit être mené.

Le sujet « X est-il Y ? »

● Ce type de sujet réclame une réflexion à propos de la définition du terme X à la lumière du terme Y, ou à propos du rapport entre les deux termes. Il faut alors pouvoir montrer en quoi les deux éléments sont liés ou distincts, et quelles interactions ils peuvent entretenir : soit la notion X correspond à la notion Y ; soit elles sont distinctes ; soit la notion X est une partie de la notion Y ; soit la notion Y est une partie de la notion X.

Le sujet « Peut-on… ? »

● Le verbe *pouvoir* a plusieurs sens en français : la capacité (je peux courir le 100 mètres en 30 secondes ; je ne peux pas le courir en 5 secondes) ; le droit, au sens de la légitimité (je peux sortir le soir parce que mes parents m'y autorisent) ; la possibilité (on va retrouver dans ce cas les sujets « X est-il Y ? », car savoir si quelque chose est possible revient à interroger la réalité ou la définition de cette chose). Le sujet réclame soit de comprendre un seul de ces différents sens, soit de les articuler.

Le sujet « Doit-on… ? »

● Un sujet qui utilise la forme « Doit-on… ? » interroge le *devoir*, soit notre raison de faire quelque chose et la légitimité de cette raison. Il interroge aussi la dimension pratique des notions de devoir ou de norme, c'est-à-dire le conseil (doit-on travailler pour réussir sa vie ?) et l'obligation (doit-on agir parce que c'est bien ?). On ne le confondra pas avec un sujet de forme « Faut-il… ? ».

Le sujet « Faut-il… ? »

● « Faut-il… ? » interroge la raison mais aussi les conditions ou la nécessité d'une action, d'un comportement ou d'un concept. Plus que le conseil, le « Faut-il… ? » sous-entend un ordre, une injonction.

Le sujet en question ouverte

● Le sujet peut aussi être proposé sous forme de question ouverte : il faut éviter de faire une liste de réponses, mais comprendre le problème posé par le sujet. Il faut rechercher son présupposé et l'interroger (comme dans tous les sujets), même s'il est moins évident.

Les exemples

Le sujet « X est-il Y ? »

« Parler, est-ce imposer sa vision du monde ? » – On se demande si toute prise de parole impose une idée ou non. On peut estimer qu'elle en impose une selon la situation ou qu'elle l'impose par essence, et il faut bien sûr se demander s'il est possible d'échapper à cette tendance.

Le sujet « Peut-on... ? »

« Peut-on se connaître soi-même ? » – Dans ce sujet, il n'y aurait aucun sens à penser le terme de *pouvoir* sur le plan de l'autorisation, car personne n'interdit de se connaître. C'est donc une question de capacité qui demande d'interroger les obstacles et les moyens d'accès à la connaissance de soi.

« Puis-je juger une culture à laquelle je n'appartiens pas ? » – Ici, ce que l'on cherche à établir, ce n'est pas si j'ai la capacité d'émettre des jugements sur une autre culture, car il est évident que oui. La question est plutôt : est-ce que j'en ai le droit, est-ce que ces jugements sont légitimes ? Ou est-ce que ma culture m'empêche d'en comprendre et d'en cerner une autre ?

Le sujet « Doit-on... ? »

« Doit-on faire régner la justice à tout prix ? » – Il convient de se demander s'il y a un devoir de justice qui justifie toute action. Est-ce légitime de toujours vouloir être juste ? A-t-on toujours raison de vouloir la justice : ne peut-on pas préférer le bonheur, l'ordre, la liberté, etc. ?

Le sujet « Faut-il... ? »

« Faut-il se méfier de ses désirs ? » – « Faut-il... ? » doit ici être compris comme une injonction : est-ce qu'il est nécessaire de se méfier de ses désirs ? Et quelle raison justifierait-elle un tel ordre ?

« Faut-il apprendre à être libre ? » – Ce n'est pas le même sujet que celui formulé en « Doit-on... ? ». On n'interroge plus tant la raison d'apprendre à être libre que la nécessité de l'apprentissage comme une condition de la liberté : est-ce que, pour être libre, il faut passer par l'apprentissage ?

Le sujet en question ouverte

« Qu'ai-je le droit d'exiger des autres ? » – La difficulté de ce sujet est qu'il faut repérer des exigences légitimes envers ceux que l'on côtoie. Ainsi, la question est d'abord : y a-t-il un droit d'exiger quelque chose ? Et si l'on défend ce droit, sur quoi repose-t-il ? On peut donc proposer deux réponses : soit rien ne peut être exigé, et il faut l'expliquer ; soit *quelque chose*, à préciser, peut être exigé, et c'est ce qui légitime cette exigence.

Problématiser un sujet et construire un plan

L'essentiel du cours

La première étape de la réflexion philosophique consiste en l'analyse du sujet proposé pour le construire comme un problème. Une question philosophique implique, en son sein, plusieurs concepts qui s'opposent ou qui doivent être expliqués. Le propos doit être clair et permettre le déroulement logique du raisonnement.

Problématiser

- **Déterminer le type de sujet.** Quelle(s) notion(s) aborde-t-il ? Cette étape permet d'établir l'enjeu du sujet et la réponse attendue : est-ce une réflexion sur les conditions d'accès à quelque chose ? sur notre devoir ?, etc.
- **Définir les termes du sujet.** Il ne faut pas hésiter à proposer plusieurs définitions au brouillon, pour ensuite rejeter celles qui semblent trop imprécises, synthétiser les propositions ou distinguer plusieurs sens.
- **Confronter les différentes définitions.** Quel lien y a-t-il entre les différents termes du sujet ? Est-ce que le lien fonctionne pour tous les sens identifiés ? Quel rapport existe-t-il entre les différents termes ? Sont-ils en opposition ? Est-ce qu'un terme permet l'existence de l'autre ? Est-ce qu'il en est sa condition ? Est-ce un obstacle, une aide, une limite ?
- **Opposer deux thèses crédibles**, soit parce qu'il y a des oppositions dans les définitions, soit parce que le sujet envisage un point de vue qui n'est pas évident. En procédant ainsi, on oppose la réponse évidente (c'est-à-dire le présupposé) au sujet, avec remise en question de ce présupposé pour montrer que la réponse demande réflexion.

Construire un plan : partir des idées ou de la démonstration

- D'abord, on recherche des idées en écrivant ce à quoi le sujet nous fait penser, les connaissances que l'on peut utiliser. Puis **on organise les arguments** en fonction du point de vue qu'ils permettent de défendre. Pour chaque argument, il faut se demander s'il répond positivement ou négativement au sujet. Avec quel argument entre-t-il en contradiction ? Quel argument confirme-t-il ? Remet-il en cause le présupposé du sujet ? Nuance-t-il les propos précédents ? Constitue-t-il un aspect différent d'un même point de vue ?
- Si l'on a déjà une idée de certaines tensions entre des concepts, de certaines questions à soulever ou de certaines oppositions, on peut d'abord essayer de trouver comment défendre au mieux telle position. Souvent, établir un plan, c'est alterner entre ces deux façons de procéder.

Types de plans à connaître

Pour un même sujet, plusieurs types de plans peuvent être employés. Prenons par exemple le sujet suivant : « *Faut-il apprendre à être libre ?* »

Le plan dialectique

La première partie développe une réponse évidente au sujet; la deuxième partie montre l'insuffisance de cette première thèse; la troisième partie construit la réponse par une articulation des deux premières parties.

Partie I : *Oui, l'apprentissage permet la liberté.* Partie II : *Non, l'apprentissage est contraire à la liberté.* Partie III : *La liberté est toujours conditionnée et l'apprentissage permet d'être plus libre que l'absence d'apprentissage.*

Le plan aporétique

La première partie développe une réponse évidente au sujet; la deuxième partie montre l'insuffisance de cette première thèse; la troisième partie révèle en quoi il est impossible de répondre au sujet.

Partie I : *Oui, l'apprentissage permet la liberté.* Partie II : *Non, l'apprentissage est contraire à la liberté.* Partie III : *On ne peut établir si la liberté est une réalité, c'est-à-dire si l'on est capable d'échapper aux influences, et donc dire si l'apprentissage détermine la liberté.*

Le plan analytique

La première partie construit un point de vue qui répond au sujet selon un axe de définitions; la deuxième partie construit un autre point de vue à partir d'un autre axe; la troisième partie enrichit la réflexion d'un troisième point de vue.

Partie I : *La liberté se détermine par un apprentissage des gestes.* Partie II : *La liberté suppose des connaissances pour permettre un usage de la raison.* Partie III : *La liberté suppose un apprentissage citoyen pour vivre en société.*

Le plan renversement

La première partie développe une réponse évidente au sujet; la deuxième partie montre l'insuffisance de cette première thèse; la troisième partie tente de proposer un renversement du présupposé de la question.

Partie I : *Oui, l'apprentissage permet la liberté.* Partie II : *Non, l'apprentissage est contraire à la liberté.* Partie III : *La liberté ne dépend pas d'un apprentissage individuel mais de conditions sociales d'existence (richesse, droits, réputation...).*

Les plans à éviter

Le plan « auteur » consiste à énoncer « Descartes a dit que... », « Kant a dit que... ».

Le plan « relativiste » consiste à dire « d'un certain point de vue, oui », « d'un certain point de vue, non », et donc « parfois oui, parfois non ».

Il faut plutôt essayer d'analyser pourquoi des réponses contradictoires sont possibles et d'apporter une vraie conclusion.

Fiche 20

Expliquer un texte

L'essentiel du cours

Le but d'une explication de texte est de déployer le sens du texte, c'est-à-dire l'idée qu'il défend et son argumentation. Il s'agit de suivre attentivement un raisonnement pour l'interroger, le clarifier et en situer les enjeux.

Les attendus d'une explication

- Comme pour la dissertation, le correcteur s'attend à retrouver certaines parties dans une explication de texte.
- Il faut d'abord repérer un problème : un texte n'est pas écrit en vain. L'auteur s'est confronté à un problème de philosophie, et c'est ce problème que vous devez situer. Vous devez également comprendre la position défendue par l'auteur à propos de ce problème : le texte permet de situer un certain nombre d'arguments et de positions autour du problème donné. Il soutient une théorie ou s'y oppose, et il faut montrer les arguments qui justifient sa position. Il faut ensuite s'intéresser à la construction de l'argumentation : un texte défend une position philosophique en déployant une certaine argumentation. Comme tout discours, il choisit de passer par certaines étapes plutôt que d'autres : il faut donc repérer et discuter les choix argumentatifs de l'auteur.
- Pour expliquer le texte, vous devrez faire appel à des connaissances philosophiques : il faut connaître des définitions, des références philosophiques, des thèses d'auteurs, des oppositions conceptuelles... C'est grâce à ces différentes connaissances que vous pourrez construire une analyse pertinente des idées. Le texte est situé dans un problème et dans un contexte. Vous pouvez donc apporter des réflexions qui le mettent en perspective : il a pu être discuté par d'autres philosophes, il peut nous confronter à une position immorale, il peut surprendre...

Les types de textes

- La grande difficulté de l'explication de texte est qu'il n'y a pas une seule façon de construire une argumentation philosophique. Chaque texte a ses spécificités, et il n'y a pas de « recette » qui fonctionnerait tout le temps : il faut chaque fois adapter son explication au texte que l'on cherche à expliquer.
- On peut cependant situer deux grandes manières dont les auteurs peuvent construire leur réflexion : les textes qui s'opposent explicitement à une autre position et qui cherchent à la (re)mettre en question. Ils peuvent être marqués par des formules comme « On pense généralement que..., mais... », « Certains philosophes pensent que... », « Les défenseurs de... ». Il faut donc appuyer l'opposition et montrer comment elle se construit. Pour les textes qui défendent une thèse et s'opposent implicitement à une autre position, il faut réussir à montrer à quelle idée s'oppose le texte et pourquoi il défend plutôt cette position.

Savoir-faire à mettre en œuvre

Se laisser surprendre par le texte

Il défend une position précise avec des arguments propres. Il ne faut pas projeter des thèses ou des idées déjà vues en cours sur le texte, mais saisir sa spécificité.

Repérer la question et les concepts

Il convient de s'appuyer sur les connaissances apprises en cours. Par exemple, le texte porte sur la question de la liberté. En cours, vous avez vu plusieurs positions autour de cette notion (la théorie du libre arbitre, le déterminisme, etc.). Il faut se demander quelle position rejoint le texte et quelle position s'en éloigne. Cela permet de situer la thèse du texte.

Interroger le point de vue

Par rapport au cours, l'auteur défend-il sa position avec les mêmes arguments ou avec de nouveaux ? Qu'ont-ils de particulier ? Pourquoi défend-il ce point de vue de cette façon ? Un texte sur la liberté peut argumenter à partir du point de vue moral, de la connaissance, de l'existence individuelle, de la politique, etc.

S'appuyer sur les repères conceptuels vus en cours

Par exemple, le terme *universel* doit être distingué de *particulier*, *légitime* de *légal*, etc. Ce travail de précision dans les concepts permet de mieux situer la construction de l'argumentation.

Identifier les connecteurs du discours

Quelle fonction tel mot a-t-il par rapport à tel autre ? À quoi renvoie-t-il par cette expression ? Pourquoi tel concept est-il introduit à ce moment du texte ?

Comment expliquer une phrase ?

1. Définir les termes de la phrase. Comme en dissertation, il ne faut pas confondre un mot avec un autre (*société* n'a pas le même sens que *gouvernement* ou *solitude* le même qu'*isolement*).
2. Comprendre ce qu'elle vise à produire : une définition, une contradiction, une distinction, etc.
3. Trouver son rôle dans le texte. La difficulté est d'éviter d'atomiser le texte en concepts séparés sans penser à leur rôle dans l'argumentation. Il faut essayer de faire des allers-retours entre le propos d'ensemble et le sens de l'élément à expliquer.
4. Mettre la phrase en perspective avec des connaissances philosophiques. Il ne faut pas hésiter à s'appuyer sur des connaissances du cours pour situer l'argumentation dans un courant philosophique, distinguer un argument d'un autre ou interroger le propos. On définit ainsi ce qui est propre à ce texte et la position qu'il soutient par rapport à d'autres positions philosophiques.

L'Antiquité et le Moyen Âge

Penseurs et œuvres à connaître

▸ ANTIQUITÉ GRECQUE ET CHINOISE

Les présocratiques

Philosophes de l'Antiquité grecque (VIe-IVe s. av. J.-C.).

Ils ont précédé ou sont contemporains de Socrate. Il n'y a pas d'unité doctrinale entre ces auteurs, mais ils ont en commun la volonté de comprendre le monde par la raison et non seulement par les mythes. Leur réflexion concerne principalement la cosmogonie (l'origine de l'univers) et l'épistémologie (les limites de la pensée humaine).
Les plus célèbres sont chronologiquement Thalès, Pythagore, Héraclite, Anaxagore, Zénon et Démocrite.

Platon

Philosophe grec (427-347 av. J.-C.), disciple de Socrate.

Son œuvre est constituée de dialogues dans lesquels les interlocuteurs cherchent ensemble la vérité sur un sujet donné : c'est la méthode dialectique, qui épouse la forme de la pensée, ce dialogue intérieur et silencieux de l'âme avec elle-même.

→ *Le Banquet, La République, Le Phédon* (IVe s. av. J.-C.).

Aristote

Philosophe grec (384-322 av. J.-C.), né en Macédoine.

Élève de Platon, il est le précepteur d'Alexandre le Grand et le fondateur de l'école péripatéticienne (le Lycée). Inventeur de la logique formelle, il étudie également le vivant, faisant de l'âme le principe même de la vie, ainsi que la dimension politique et éthique de la vie humaine.

→ *Éthique à Nicomaque, La Métaphysique* (IVe s. av. J.-C.).

Zhuangzi

Penseur chinois (IVe s. av. J.-C.).

Figure du taoïsme, il recherche une forme d'harmonie avec la nature. Ses écrits sont fragmentaires. Il critique, le plus souvent sous la forme de fables ou d'aphorismes, les productions humaines, en particulier les productions intellectuelles, qui s'éloignent de la compréhension de la nature en pensant la maîtriser. Il prône une éthique du non-agir, c'est-à-dire un effacement et un lâcher-prise face au cours de la nature.

Épicure

Philosophe grec (341-270 av. J.-C.), né à Samos.

Sa philosophie, qu'il conçoit comme une médecine de l'âme, s'articule autour de trois assertions : la sensation est le critère du vrai, la nature est un composé d'atomes et de vide sans finalité (matérialisme) et le bonheur réside dans l'usage mesuré des plaisirs et l'ataraxie (hédonisme). Malgré les contresens qui tendirent à y voir un immoralisme, l'épicurisme propose une sagesse qui invite à la modération, le libre exercice du jugement, l'indépendance et l'amitié.

▸ ANTIQUITÉ ROMAINE

Cicéron

Philosophe et orateur romain (106-43 av. J.-C.), né à Rome.

Il met son éloquence légendaire au service d'une œuvre philosophique qui s'efforce de réunir la philosophie de Platon (Académie) et celle des stoïciens. On lui doit une des premières formulations d'un humanisme reposant sur l'idée d'une culture universelle et l'amour sensible du genre humain (compassion).

→ *Traité du destin, Traité des devoirs* (Ier s. av. J.C.).

Lucrèce

Philosophe de l'Antiquité romaine (vers 98-55 av. J.-C.).

Disciple d'Épicure, il reprend sous forme poétique les grands principes de sa philosophie. Selon lui, la nature est constituée d'atomes et de vide. Il fait également de l'expérience sensible le fondement de toute connaissance (empirisme) mais aussi la source du plaisir et de la douleur, sur lesquels s'appuie son éthique.

→ *De la nature (De natura rerum)* (Ier s. av. J.-C.).

Sénèque

Philosophe et homme politique romain (4 av. J.-C. – 65 apr. J.-C.).

Adepte du stoïcisme, il produit une œuvre éloquente qui élève la rigueur stoïcienne au rang d'art de vivre, et tempère l'idéal de maîtrise de soi par une certaine acuité à la fragilité du bonheur et de la sagesse humaine.

→ *Lettres à Lucilius, De la brièveté de la vie* (Ier s.).

Épictète

Philosophe grec (50-130).

Esclave affranchi, il oppose aux épreuves de sa très modeste condition une sagesse de la liberté intérieure, fondée sur le célèbre partage entre « ce qui dépend de nous et ce qui n'en dépend pas ». Il est un illustre représentant du stoïcisme.

→ *Manuel, Entretiens* (Ier s.).

Marc Aurèle

Philosophe et empereur romain (121-180), né à Rome.

Profondément marqué par le stoïcisme, il en médite essentiellement l'enseignement moral qu'il met à l'épreuve de la vie. Opposant à la fragilité de l'existence la force du vouloir et l'acceptation du destin, ses *Pensées pour moi-même* approfondissent, sur un ton personnel et vivant, le thème de l'intériorité individuelle (« maître intérieur ») et son union avec l'ordre rationnel de l'univers.

→ *Pensées pour moi-même* (IIe s.).

Nāgārjuna

Moine bouddhiste indien (IIe s.).

Figure majeure du bouddhisme tibétain et du zen, son concept central réside dans « la voie du Milieu », qui désigne un chemin de modération face à la puissance des désirs qui s'exercent en nous. Il prône également un détachement des connaissances fondées seulement sur l'apparence pour laisser place à un « vide » qui libère l'homme de ses croyances.

→ *Traité du milieu* (IIe s.).

Sextus Empiricus

Philosophe et médecin de l'Antiquité romaine (IIe s.).

Ses nombreux fragments conservés en font sans doute le philosophe principal du scepticisme. Il ne considère pas que la vérité est insaisissable mais que sa recherche est une quête perpétuelle. Il place au cœur de sa méthode l'*épochè*, c'est-à-dire la suspension du jugement ou le doute, qui lui permet en même temps d'atteindre une certaine tranquillité de l'âme (*ataraxie*).

→ *Esquisses pyrrhoniennes* (IIe s.).

▸ ANTIQUITÉ TARDIVE

Plotin

Philosophe grec (205-270).

Approfondissant l'enseignement de Platon (néoplatonisme), il s'efforce de montrer que le monde sensible et le monde intelligible relèvent d'un principe supérieur : l'Un. Au-delà de l'essence, ce principe ineffable fait l'objet d'une quête spirituelle et purificatrice où l'âme connaît alors l'extase.

→ *Ennéades* (IIIe s.).

Saint Augustin

Père de l'Église et théologien (354-430), évêque d'Hippone.

Il développe une pensée inspirée de celle de Platon et insiste particulièrement sur la nécessité pour l'homme de se libérer de la concupiscence et d'accéder à la grâce divine.

→ *Les Confessions, La Cité de Dieu* (IV-Ve s.).

▶ MOYEN ÂGE

Avicenne

Philosophe et médecin persan (980-1037).

Sous l'influence d'Aristote, les objets principaux de sa philosophie sont la logique, la médecine, la métaphysique et la connaissance de l'âme, qu'il cherche également à guérir (*Shifa'*). Il tente aussi de concilier sa foi musulmane et son esprit scientifique mais ne remet jamais en cause la Création, qui selon lui est moins le produit de la volonté de Dieu que l'effet de sa puissance.

→ *La Métaphysique du Shifa'* (XIe s.).

Anselme

Moine catholique bénédictin (1033-1109).

Théologien réputé, il est l'un des premiers penseurs à chercher à concilier les vérités issues de la foi et celles découvertes par la raison humaine. Il est ainsi le précurseur de l'argument ontologique dont se servira Descartes pour prouver l'existence de Dieu à partir de son essence.

→ *Supplément sur l'existence de Dieu (Proslogion)* (1077-1078).

Averroès

Philosophe et magistrat arabe (1126-1198).

Grand commentateur de la philosophie d'Aristote, il met sa confiance dans l'argumentation rationnelle au service notamment d'une conciliation de la religion et de la philosophie.

→ *Commentaire sur la métaphysique d'Aristote, Traité décisif sur l'accord de la religion et de la philosophie* (XIIe s.).

Maïmonide

Philosophe espagnol et rabbin (1138-1204).

À l'image d'Averroès pour l'islam et de Thomas d'Aquin pour le catholicisme, il s'est donné pour objectif de concilier la raison et la foi en prenant appui sur la philosophie d'Aristote pour interpréter le texte de la Bible. Il s'agit pour lui d'apaiser les tensions entre les vérités scientifiques et la révélation religieuse.

→ *Le Guide des égarés* (1190).

Saint Thomas d'Aquin

Docteur de l'Église (1225-1274).

Représentant le plus important de la scolastique, la théologie médiévale, il développe une doctrine qui tente de concilier la pensée antique d'Aristote avec les principes de la Bible et du christianisme.

→ *Somme théologique* (1273), *Somme contre les Gentils* (1265).

Guillaume d'Occam

Moine catholique franciscain (1285-1347).

Il est connu surtout pour son fameux « rasoir d'Occam », un principe de simplicité qui consiste à ne pas multiplier ou complexifier les hypothèses pour comprendre un phénomène. L'improbable doit être éliminé systématiquement. Il est aussi l'auteur d'une œuvre politique qui conteste les fondements de l'autorité du pape.

→ *Somme de logique* (1323).

L'époque moderne

Penseurs et œuvres à connaître

▸ LA RENAISSANCE

Nicolas Machiavel

Philosophe et homme d'État florentin (1469-1527).

Il développe une doctrine politique fondée sur l'étude des mécanismes du pouvoir et de la force.

→ *Le Prince* (1532).

Michel de Montaigne

Philosophe français (1533-1592).

Il est célèbre pour son ouvrage majeur, *Les Essais*, qui est à la fois une autobiographie et un ouvrage philosophique qui développe une forme de scepticisme.

→ *Les Essais* (1580-1588).

Francis Bacon

Philosophe et homme d'État anglais (1561-1626).

Plaçant tous ses espoirs dans le progrès des sciences et sa confiance dans ses bienfaits moraux, il est le premier à formuler la méthode expérimentale, fondée sur le raisonnement inductif.

→ *Novum Organum* (1620).

▸ LA MODERNITÉ

Thomas Hobbes

Philosophe anglais (1588-1679).

Il soutient que, l'état de nature étant un état de « guerre de tous contre tous », seul un pacte social conçu comme un armistice est susceptible d'assurer la sécurité de tous.
Rousseau accusa Hobbes de sacrifier la liberté à la sécurité.

→ *Léviathan* (1651), *Du citoyen* (1640).

René Descartes

Philosophe français (1591-1650).

Sa démarche se caractérise par la recherche de la certitude. Parce qu'il est en quête d'un fondement certain pour la connaissance, Descartes décide de remettre en doute tout ce qu'il a appris, et découvre la vérité première de la pensée, comme essence du sujet, qui seule demeure absolument indubitable.

→ *Discours de la méthode* (1637), *Méditations métaphysiques* (1641).

Blaise Pascal

Philosophe, mathématicien et physicien français (1623-1662).

Dans les *Pensées*, écrites afin de convertir les athées à la religion chrétienne, il s'attache à décrire les contradictions et les abîmes de la condition humaine.

→ *Pensées* (1657-1662).

Baruch Spinoza

Philosophe hollandais (1632-1677).

Au fondement de son ouvrage majeur, l'*Éthique*, il y a l'identification de Dieu et de la nature, qui le conduit à poser le règne d'une absolue nécessité à laquelle l'homme, qui n'est pas « un empire dans un empire », n'échappe pas. Ses œuvres sont condamnées car jugées blasphématoires.

→ *Éthique* (1661-1675).

John Locke

Philosophe anglais (1632-1704), fondateur de l'empirisme.

Contre l'innéisme de Descartes, il conçoit l'esprit comme une « table rase » où les idées, issues de l'expérience sensible, viennent s'inscrire.

Il développe, outre une philosophie de la connaissance, une philosophie politique libérale reposant sur l'idée de contrat social, visant à préserver la propriété privée et la liberté individuelle.

→ *Lettre sur la tolérance* (1689), *Essai sur l'entendement humain* (1690).

Nicolas Malebranche

Philosophe d'inspiration cartésienne et prêtre français (1638-1715).

Méditant sur le problème cartésien de l'union de l'âme et du corps, il propose une théorie originale, l'occasionalisme, selon laquelle c'est Dieu qui joue un rôle actif dans la constitution permanente du monde.

→ *De la recherche de la vérité* (1675).

Gottfried Wilhelm Leibniz

Philosophe allemand (1646-1716).

Diplomate, juriste, historiographe, physicien, inventeur du calcul infinitésimal, profond métaphysicien, il s'efforce dans sa philosophie de penser à la fois l'unité et la diversité du réel.

Il compose celui-ci de monades, ou substances à chaque fois différentes, qui, comme des miroirs, concentrent et expriment du point de vue unique qui est le leur tout l'univers, selon une harmonie préétablie par Dieu.

→ *Traité de Théodicée* (1710), *Monadologie* (1714).

George Vico

Philosophe italien (1668-1744).

Il est l'auteur d'une philosophie de l'histoire qui s'efforce de rendre compte de l'évolution des sociétés humaines à partir de celle du langage, des symboles et de l'imagination. Il distingue ainsi pour chaque peuple trois âges : divin, héroïque, puis humain.

→ *Principes de la philosophie de l'histoire* (1725).

George Berkeley

Philosophe irlandais (1685-1753), évêque de Cloyne.

Il fonde une doctrine, l'« immatérialisme », qui pose que le réel (et ce que nous appelons matière) n'est rien d'autre que la perception qu'on en a : « être, c'est être perçu ».

→ *Dialogues entre Hylas et Philonoüs* (1713).

Charles-Louis de Secondat, baron de Montesquieu

Philosophe et écrivain français (1689-1755).

Il met en évidence la nécessité de la séparation des trois pouvoirs (exécutif, législatif et judiciaire) au sein de l'État.

→ *De l'esprit des lois* (1748).

David Hume

Philosophe écossais (1711-1776).

Il soutient une position empiriste : toute notre connaissance et toutes nos idées dérivent de l'expérience sensible. L'idée de causalité n'est ainsi que le produit d'une habitude dérivée de l'observation répétée d'une consécution identique de phénomènes.
Il prône de ce fait un scepticisme « mitigé », qui tend à réduire le savoir à de la croyance.

→ *Traité de la nature humaine* (1740).

Jean-Jacques Rousseau

Philosophe et écrivain français (1712-1778).

Il attribue à l'homme deux qualités fondamentales : la pitié et la perfectibilité.
Dans *Le Contrat social*, il tente d'établir les principes d'un État légitime tel qu'il garantisse la liberté de ses membres.

→ *Le Contrat social* (1763).

Denis Diderot

Philosophe et écrivain français (1712-1784).

Philosophe athée, il est le penseur d'une doctrine matérialiste originale qui voit dans la nature une continuité dynamique où les êtres, de la matière à l'esprit, comportent chacun un degré d'organisation spécifique.

→ *Pensées sur l'interprétation de la nature* (1753).

Étienne Bonnot de Condillac

Philosophe français (1715-1780).

Adversaire de Descartes dont il critique la doctrine des idées innées, Condillac s'efforce, avec les empiristes (Locke), de montrer que toutes nos idées ont leur origine dans les sensations (« sensualisme »).

→ *Essai sur l'origine des connaissances humaines* (1749).

Adam Smith

Philosophe et économiste anglais (1723-1790).

Il est le principal fondateur du libéralisme économique, doctrine d'après laquelle l'échange marchand, n'engageant que des sentiments égoïstes (profits individuels), induit des comportements sociaux utiles à l'entente pacifique des individus (coopération), voire favorables à l'émergence de sentiments moraux (altruisme).

→ *La Richesse des nations* (1723-1790).

Emmanuel Kant

Philosophe allemand (1724-1804).

Il se donne pour tâche, dans ses principaux ouvrages, de mener à bien une critique du pouvoir de la raison, aussi bien sur le plan pratique que théorique.
Sur le plan théorique, contre le scepticisme et l'empirisme, il montre la possibilité de connaissances apodictiques *a priori*.
Sur le plan pratique, il fonde la moralité sur l'existence d'un impératif catégorique, présent en tout être raisonnable.

→ *Critique de la raison pure* (1781).

Jeremy Bentham

Philosophe anglais (1748-1832).

Philosophe du droit et de la morale, il est le fondateur de l'utilitarisme, doctrine selon laquelle la valeur d'une action se mesure d'après l'utilité de ses effets. Grâce au calcul des plaisirs et des peines, cette morale hédoniste permet de déterminer l'action procurant le maximum de bonheur à l'humanité.

→ *Traité des peines et des récompenses* (1811).

L'époque contemporaine

Georg Wilhelm Friedrich Hegel

Philosophe allemand (1770-1831).

Il s'attache à réconcilier le réel et la pensée, au sein d'une philosophie conçue comme un système dominé par la dialectique, ou processus de dépassement des contradictions.

Il développe en effet une philosophie du processus réconciliateur, et en ce sens une philosophie de l'histoire, qui montre comment l'esprit parvient à se conquérir lui-même en s'extériorisant dans le monde par ses créations, en particulier juridiques et artistiques. Hegel montre que ce mouvement de sortie hors de soi et de retour à soi à partir de l'extériorité, n'est rien d'autre que le mouvement même de la conscience.

→ *La Phénoménologie de l'esprit* (1806-1807).

Arthur Schopenhauer

Philosophe allemand (1788-1860).

Il développe une pensée pessimiste dans son ouvrage majeur, *Le Monde comme volonté et comme représentation*, où il fait de la volonté un principe métaphysique absolu qui régit tout l'univers et dont le but pour l'homme est de se délivrer.

→ *Le Monde comme volonté et comme représentation* (1819).

Auguste Comte

Philosophe français (1798-1857).

Il développe l'idée selon laquelle l'esprit humain, primitivement religieux (théologique), s'élève à la métaphysique, pour atteindre enfin, dans l'état « positif », l'âge de la science. Désireux d'achever ce mouvement, Auguste Comte fonde le « positivisme » (la philosophie comme science expérimentale) et crée la sociologie qu'il conçoit comme une « physique sociale » propre à assurer le progrès de l'humanité.

→ *Système de philosophie positive* (1851-1854).

Antoine-Augustin Cournot

Philosophe et mathématicien français (1801-1877).

En dehors de sa pensée économique sur le principe de l'offre et de la demande, il s'intéresse à l'épistémologie. Il contribue par ailleurs à renouveler la définition du hasard pour le concevoir comme une réalité chaotique et imprévisible, et s'intéresse également à l'histoire des sciences, qu'il lit comme une notion linéaire déterminée moins par les choix individuels que par les structures sociales.

→ *Essai sur les fondements de nos connaissances et sur les caractères de la critique philosophique* (1851).

Ludwig Feuerbach

Philosophe allemand (1804-1872).

Dans *L'Essence du christianisme*, il montre que l'essence de la religion est l'aliénation, c'est-à-dire le transfert à une entité transcendante imaginée (Dieu) de qualités qui n'appartiennent en réalité qu'au genre humain. La philosophie a pour rôle de rendre au genre humain ce qui lui revient afin de le libérer.
Marx fut influencé par Feuerbach.

→ *L'Essence du christianisme* (1841).

Alexis de Tocqueville

Philosophe et homme d'État français (1805-1859).

Il poursuit essentiellement une étude de la démocratie moderne, s'efforçant d'en dégager la nature et le sens : davantage qu'un simple régime, la démocratie désigne un mode d'existence marqué par la « passion de l'égalité » qui fait craindre l'émergence d'un despotisme nouveau (« doux »).

→ *De la démocratie en Amérique* (1835-1840).

John Stuart Mill

Philosophe et économiste anglais (1806-1873).

Influencé par l'utilitarisme de Bentham, il est un acteur majeur de la défense des libertés individuelles dans la société. Fervent défenseur de la démocratie, il a aussi plaidé pour l'égalité entre hommes et femmes. Sur le plan économique, il est pour le libre-échange, ce qui fait de lui l'un des pères du libéralisme.

→ *De la liberté* (1859).

Søren Kierkegaard

Philosophe danois (1813-1855).

Contre Hegel, il affirme que l'existence, parce qu'elle est radicalement contingente, échappe à toute conceptualisation et, dans l'angoisse où elle se révèle, nous introduit au mystère de l'être qui est, selon lui, la vérité du christianisme. Kierkegaard peut être considéré comme un des pères de l'existentialisme.

→ *Le Concept de l'angoisse* (1844).

Karl Marx

Philosophe allemand (1818-1883).

Il comprend l'histoire à partir de l'idée de lutte des classes, dont l'antagonisme entre la bourgeoisie et le prolétariat est la forme moderne.
Son projet révolutionnaire de dictature du prolétariat repose sur une analyse de la structure économique de la société et une critique de l'exploitation capitaliste du travail salarié.
Il reprend à Hegel l'idée de processus dialectique pour rendre compte du mouvement de l'histoire et des luttes sociales.

→ *Le Capital* (1867).

Friedrich Engels

Philosophe allemand (1820-1895).

Théoricien majeur du communisme et penseur de la « lutte des classes », il collabore avec son ami Marx pour critiquer la croyance selon laquelle les idées pourraient changer le monde alors qu'elles sont dictées par les rapports de forces économiques et sociaux. Les moyens de production intellectuelle appartiennent à une bourgeoisie qui cherche à maintenir sa domination sur le prolétariat.

→ *L'Idéologie allemande* (1845-1846).

William James

Philosophe américain (1842-1910).

Fondateur du pragmatisme en tant que doctrine, il remet en question la définition classique de la vérité comprise comme adéquation entre un énoncé et la réalité. Selon lui, une théorie vraie est une théorie efficace, c'est-à-dire qui nous est utile en ce qu'elle nous permet de comprendre mais surtout d'agir sur le réel.

→ *Le Pragmatisme* (1907).

Friedrich Nietzsche

Philosophe allemand (1844-1900).

Il fonde une philosophie très critique à l'égard de la tradition métaphysique de la philosophie occidentale. Dans le sillage de Schopenhauer, Nietzsche développe une philosophie de la volonté sous une forme essentiellement aphoristique et poétique.

→ *La Généalogie de la morale* (1887).

Sigmund Freud

Médecin neurologue autrichien (1856-1939), inventeur de la psychanalyse.

Ses études auprès du professeur Charcot attirent son attention sur les maladies de l'esprit, en particulier l'hystérie. Grâce à l'observation des effets de l'hypnose, il rapporte les symptômes pathologiques à des souvenirs traumatiques inconscients et s'oriente sur la voie d'une nouvelle méthode thérapeutique : la psychanalyse, fondée sur l'hypothèse de l'existence d'un inconscient psychique actif.

→ *Cinq leçons sur la psychanalyse* (1910).

Émile Durkheim

Philosophe et sociologue français (1858-1917).

Philosophe de formation, il fonde la sociologie, science des faits sociaux qu'il envisage comme des « choses », abstraction faite des intentions individuelles auxquelles nous avons coutume de les réduire spontanément. Il met ainsi en lumière les représentations collectives qui orientent nos conduites individuelles (« conscience collective »).

→ *Les Règles de la méthode sociologique* (1895).

Henri Bergson

Philosophe français (1859-1941).

Le point de départ de sa réflexion est la découverte de la durée, comme temps vécu, par opposition au temps abstrait de l'action et des sciences, qui n'est que du temps spatialisé. Si la durée caractérise la vie de l'esprit, conscience signifie alors mémoire, et l'intuition en est le mode d'approche spécifique. Bergson l'oppose à l'intelligence, outil d'action sur la matière. Peu à peu, il réconcilie cependant matière et esprit, en montrant qu'il y a une durée de l'univers matériel.

→ *L'Évolution créatrice* (1907).

Edmund Husserl

Philosophe et logicien autrichien (1859-1938).

Ayant d'abord étudié les mathématiques pour ensuite se tourner vers la philosophie, il est l'inventeur de la phénoménologie, un courant philosophique qui a l'ambition de supplanter les sciences de l'époque et qui vise à « élucider le rapport de l'homme au monde » en se débarrassant de toute théorie préalable pour revenir à la pure perception du phénomène.

→ *Idées directrices pour une phénoménologie* (1913).

Max Weber

Économiste et sociologue allemand (1864-1920).

Fondateur de la sociologie, il est un penseur de la modernité et des mutations sociétales engagées par le capitalisme industriel. En mettant en lumière ses mécanismes, il cherche à « désenchanter le monde », selon sa célèbre formule, et crée des « idéaux-types », soit des catégories qui lui permettent de rationaliser ce monde socio-économique et politique.

→ *Le Savant et le Politique* (1919).

Alain

Philosophe et professeur de philosophie français (1868-1951).

Sa philosophie, volontiers fragmentaire (« propos »), articule, avec Descartes, rationalisme et confiance dans la libre volonté de l'homme. Poursuivant son examen de la nature et des ressources de la raison et de l'imagination en l'homme, il critique vivement la notion d'inconscient psychique (Freud) et accorde au corps une place souvent minorée par ses prédécesseurs. Son talent de professeur et son pacifisme marquèrent profondément ses élèves et contemporains.

→ *Propos* (1908-1919).

Marcel Mauss

Sociologue et ethnologue français (1872-1950).

Il s'intéresse aux mœurs et aux pratiques des sociétés tribales, plus particulièrement chez les Amérindiens. En outre, il observe dans la cérémonie du potlatch un partage symbolique sous forme de dons et de contre-dons. Il fait de cette réciprocité un élément fondateur des liens sociaux.

→ *Essai sur le don* (1925).

Bertrand Russell

Philosophe et logicien britannique (1872-1970).

Père de la philosophie analytique, il présente une méthode qui consiste à ramener les énoncés complexes de la logique à des propositions élémentaires simples et accessibles. Cette simplicité s'applique aussi à la conduite de sa vie : en se concentrant sur les loisirs, la vie « oisive » est sans doute la plus heureuse.

→ *La Conquête du bonheur* (1930).

Karl Jaspers

Philosophe allemand naturalisé suisse (1883-1969).

Affilié à l'existentialisme, il s'intéresse d'abord à la psychologie et à la question du vécu subjectif avant de se tourner vers la philosophie. Selon lui, la condition humaine se définit surtout par son historicité, c'est-à-dire par sa construction identitaire dans l'existence au travers des choix que l'on fait en situation en étant confronté aux autres.

→ *Philosophie* (1932).

Gaston Bachelard

Philosophe français (1884-1962).

Il développe une philosophie essentiellement épistémologique et s'intéresse en particulier au développement des sciences, mais également à la psychanalyse et à la poésie.

→ *La Formation de l'esprit scientifique* (1938).

Martin Heidegger

Philosophe allemand (1889-1976).

Disciple de Husserl, il se donne pour tâche de réveiller l'antique interrogation sur le sens de « être » que la modernité a oublié, introduisant ainsi une mutation profonde dans l'histoire de la pensée. Il analyse pour ce faire les différents modes d'être de l'être humain dans son rapport au monde, à lui-même, aux autres, à la liberté, à la vérité et à sa propre finitude.

→ *Être et Temps* (1927).

Ludwig Wittgenstein

Philosophe et logicien (1889-1951), né en Autriche.

Sa réflexion porte autant sur le langage que sur la dimension éthique du rapport de l'homme au monde, selon le sens qu'il lui donne par sa parole.

→ *Tractatus logico-philosophicus* (1921).

Walter Benjamin

Philosophe et critique littéraire allemand (1892-1940).

Penseur de la modernité et de ses mutations, il envisage l'histoire humaine dans un développement non linéaire, fait de ruptures et de pauses. Il s'est particulièrement intéressé à la reproductibilité des œuvres d'art permise par le progrès technique. Cela aurait largement contribué selon lui à la dévalorisation de l'art et à la perte de son « aura ».

→ *L'Œuvre d'art à l'ère de sa reproductibilité technique* (1936).

Karl Popper

Épistémologue (1902-1994), né à Vienne.

Il s'attache à penser la distinction entre science et non-science, montrant que le caractère propre d'une science n'est pas sa « vérifiabilité », mais sa falsifiabilité, ce qui exclut du domaine des sciences le marxisme et la psychanalyse, qui ne peuvent s'exposer au démenti expérimental.

→ *Conjectures et Réfutations* (1953).

Vladimir Jankélévitch

Philosophe français (1903-1985).

Il a cherché à mettre en lumière la valeur de l'ineffable, de ce qui ne peut être dit de l'existence humaine. C'est pourquoi il s'est beaucoup intéressé à la musique qui, dans son passage éphémère, communique ce « presque-rien » insaisissable qui fait la singularité de l'expérience sensible et la fragilité de l'existence. La mort est un concept essentiel de sa philosophie.

→ *La Musique et l'Ineffable* (1983).

Hans Jonas

Philosophe allemand (1903-1993).

Chassé d'Allemagne par le régime nazi, il s'est évidemment intéressé aux conséquences de la Shoah. Mais il a surtout marqué l'histoire de la philosophie par sa réflexion sur les risques du progrès technique. Il est le premier à soulever l'idée d'une responsabilité et de devoirs envers les générations futures, ce qui constitue aujourd'hui le cœur de la pensée écologiste.

→ *Le Principe responsabilité* (1979).

Raymond Aron

Philosophe et sociologue français (1905-1983).

Engagé politiquement contre le communisme d'après-guerre, il s'inspire des travaux de Hannah Arendt sur la notion de totalitarisme. Il y voit un système qui ne se définit pas par la violence, contrairement à la dictature, mais par la construction d'une idéologie qui domine la société et les individus sans que ces derniers y adhèrent nécessairement.

→ *L'Opium des intellectuels* (1955).

Jean-Paul Sartre

Philosophe français (1905-1980).

Par sa célèbre formule « l'existence précède l'essence », il entend rendre compte de l'expérience de notre liberté radicale : notre existence est pure contingence car aucune définition préalable (nature, caractère) ne la détermine. Il est à l'origine du courant existentialiste.

→ *L'Être et le Néant* (1942).

Hannah Arendt

Philosophe allemande (1906-1975).

Disciple de Heidegger et de Jaspers, elle développe une philosophie critique de la modernité. S'intéressant plus particulièrement aux mutations de la notion de politique, elle analyse les rapports du pouvoir et de l'autorité, et tente d'élucider la mécanique totalitaire au point de vue politique (*Le Système totalitaire*) mais aussi moral (*Le Cas Eichmann*).

→ *La Condition de l'homme moderne* (1958).

Emmanuel Levinas

Philosophe français (1906-1995).

Disciple de Husserl et de Heidegger, il développe une critique de la métaphysique occidentale comprise comme pensée de la totalité ne faisant pas place à l'Autre. Il mobilise alors l'approche phénoménologique sur le terrain de l'éthique et tente de montrer que le visage d'autrui, image de l'infini, commande en lui-même un respect inconditionnel et absolu.

→ *L'Humanisme de l'autre homme* (1972).

Simone de Beauvoir

Philosophe et romancière française (1908-1986).

Compagne ou plutôt acolyte de Sartre, elle est directement influencée par l'existentialisme. Connue pour sa célèbre phrase « On ne naît pas femme, on le devient », elle cherche à montrer que la domination masculine n'a aucune justification naturelle mais se construit et se transmet culturellement. Elle est un pilier du féminisme du XXe s. et ouvre la voie aux études de genre.

→ *Le Deuxième Sexe* (1949).

Claude Lévi-Strauss

Anthropologue, ethnologue et essayiste français (1908-2009).

Il s'intéresse entre autres aux rapports qui existent entre nature et culture, en étudiant la prohibition de l'inceste. Mais c'est surtout le concept d'ethnocentrisme qui tient une place prépondérante dans son œuvre et par lequel il dénonce la croyance en une hiérarchie entre les cultures. Selon lui, on retrouve dans toute culture les mêmes structures sous-jacentes.

→ *Race et Histoire* (1952).

Maurice Merleau-Ponty

Philosophe français (1908-1961).

Il développe une pensée d'ordre phénoménologique et existentialiste. Il étudie en particulier la question de la perception et celle du langage et de la parole.

→ *Phénoménologie de la perception* (1945).

Simone Weil

Philosophe française (1909-1943).

Sa philosophie est marquée par son engagement politique pour la lutte ouvrière, contre le franquisme en Espagne et même dans la Résistance gaulliste durant la Seconde Guerre mondiale. Ses réflexions pessimistes sur la liberté et la justice l'orientent vers le christianisme, en quête de spiritualité.

→ *Réflexions sur les causes de la liberté et de l'oppression sociale* (1934).

Jeanne Hersch

Philosophe suisse (1910-2000).

La notion de liberté constitue le cœur de son engagement politique et philosophique. Elle retrace l'histoire de la philosophie en soulignant l'importance qu'il y a à douter des fausses certitudes tant sur le plan théorique que sur le plan moral. Elle fait donc de la liberté de l'esprit critique le point de départ de toute pensée.

→ *L'Étonnement philosophique* (1981).

Paul Ricœur

Philosophe français (1913-2005).

De tradition phénoménologique, il s'intéresse aux formes de la conscience issues des choix au travers desquels un sujet construit son identité. Il s'oppose à l'idée d'une identité fixe, la « mêmeté », au profit d'une « identité narrative », c'est-à-dire un sujet qui construit son identité en même temps qu'il se raconte pour donner sens à ses actes.

→ *Soi-même comme un autre* (1990).

Elizabeth Anscombe

Philosophe anglaise (1919-2001).

Contre le conséquentialisme qui établit qu'une action doit être jugée moralement bonne ou mauvaise en fonction de ses conséquences, elle soutient qu'un acte peut être mauvais en lui-même de manière inconditionnelle. Refusant malgré tout l'idée de lois morales naturelles, elle s'appuie sur l'intention pour juger du caractère moral d'une action.

→ *L'Intention* (1957).

Iris Murdoch

Philosophe et romancière britannique (1919-1999).

Elle s'intéresse particulièrement au dialogue intérieur des personnes lors d'un choix moral : celui-ci n'est pas seulement une affaire de comportement mais de discours que nous portons sur les autres en fonction des sentiments que nous avons à leur égard. Elle définit l'amour comme le regard bienveillant porté sur autrui qui est à l'origine de l'attention morale.

→ *La Souveraineté du bien* (1970).

John Rawls

Philosophe américain (1921-2002).

Sa réflexion sur les critères de la justice a grandement influencé la pensée politique actuelle. Il fait reposer la justice sur deux grands principes à l'issue de sa fameuse expérience de pensée du « voile d'ignorance » : l'égalité en droit dans l'accès aux libertés fondamentales et l'équité dans les faits qui autorise les inégalités tant qu'elles profitent aux moins favorisés.

→ *Théorie de la justice* (1971).

Gilbert Simondon

Philosophe français (1924-1989).

Contre la technophobie ambiante de son époque, il réhabilite le statut de l'objet technique en montrant ses rapports avec la nature humaine et son évolution. Ce n'est pas la technique qui déshumanise l'homme mais l'homme qui déshumanise la technique par la méconnaissance de ses outils. Il plaide ainsi en faveur d'une démocratisation du savoir technique.

→ *Du mode d'existence des objets techniques* (1958).

Michel Foucault

Philosophe français (1926-1984).

Poursuivant d'abord des recherches d'ordre historiques et épistémologiques dans le sillage de Bachelard et de Canguilhem, il élabore une méthode propre, l'« archéologie », qui vise à débusquer sous les représentations et les conduites humaines, des rapports de pouvoir sous-jacents. Sa réflexion, souvent perçue comme subversive, s'efforce de penser la réalité du sujet humain, dans le cadre des relations de pouvoir qui tantôt l'assujettissent, tantôt favorisent sa subjectivation.

→ *Les Mots et les Choses* (1966).

Hilary Putnam

Philosophe et mathématicien américain (1926-2016).

D'après lui, le langage ne traduit pas un état mental mais la relation entre le locuteur et un contexte extérieur. Il a défendu la thèse fonctionnaliste selon laquelle l'esprit serait un système de traitement de l'information reproductible par un ordinateur. Cependant, le rapport au réel n'étant pas le même, le langage humain ne saurait être réduit à celui d'une machine.

→ *Représentation et Réalité* (1988).

Des termes qui s'opposent

Concepts transversaux à connaître

Absolu/relatif

Est *absolu* ce qui existe indépendamment de toute autre chose, ce qui ne dépend que de soi pour être.
Est *relatif* tout ce qui n'existe qu'en relation à autre chose, qui n'a donc pas d'existence réelle en soi, mais seulement en rapport à ce dont il dépend.

Abstrait/concret

Est *abstrait* tout ce qui se tire d'une chose et n'existe pas en soi, indépendamment d'elle.
Est *concret* ce qui existe réellement, ce qui est de façon brute dans le réel.

En acte/en puissance

Chez Aristote, toute chose est ou bien *en acte* (réalisée) ou bien *en puissance* (irréalisée, en sommeil) : la fleur est en acte ce que le bourgeon est en puissance ; le philosophe est en acte ce que l'enfant est en puissance. Cette distinction sert à rendre compte de l'être en devenir, c'est-à-dire entendu comme épanouissement de dispositions, de capacités latentes.

Analyse/synthèse

Opérations logiques servant à définir des idées et à construire des concepts.
Analyser consiste à décomposer un tout en ses parties élémentaires.
Synthétiser consiste à suivre la voie inverse : réunir une diversité pour composer une totalité. Il s'agit de trouver l'idée permettant d'unifier un ensemble dont les éléments paraissent différents.

Contingent/nécessaire

Est *contingent* ce qui peut ne pas être, ou être autrement qu'il est. Ainsi, pour le géomètre, la couleur d'un triangle est contingente.
Est *nécessaire* ce qui ne peut pas ne pas être, ni être autrement qu'il est. Par exemple, les propriétés géométriques d'une figure sont nécessaires (la somme des angles d'un triangle est égale à 180 degrés, etc.).

Essentiel/accidentel

Du latin *esse*, « être », l'essence d'une chose, c'est sa nature, ce qui définit son être. Avoir des pieds est *essentiel* à une table.
Par opposition, est dite *accidentelle* toute qualité n'entrant pas dans l'essence d'une chose, qu'une chose peut perdre sans cesser d'exister. La couleur, par exemple, est une qualité accidentelle.

Formel/matériel

Formel désigne le point de vue qui s'attache à la simple forme d'une chose, indépendamment de tout contenu concret. Un discours (un raisonnement, un propos, une loi) est formel, lorsqu'il s'attache à respecter une manière précise, certaines règles qui le font plus ou moins bien formé.
À l'inverse, *matériel* désigne le contenu concret d'une chose ou d'un discours.
Chez Aristote, toute réalité comporte une forme et une matière (ainsi la statue a une forme – Apollon – et une matière – le marbre). L'idée se retrouve chez Kant et Hegel : toute réalité consiste en une matière mise en forme par l'esprit.

Idéal/réel

L'*idéal* désigne ce qui n'existe qu'en idée et, par extension, constitue un

modèle de perfection au regard de laquelle la réalité est critiquée.
On qualifie à l'inverse de *réel* ce qui existe indépendamment de l'idée qu'on s'en fait et s'impose à nous par le biais de l'expérience sensible.

Immanent/transcendant

Est *immanente* (du latin *immanere*, « demeurer dans ») toute réalité conçue en elle-même, indépendamment de toute autre réalité. Ainsi, penser le monde ou l'homme, sans Dieu, c'est le penser de façon immanente.
Par opposition, est *transcendant* (du latin *transcendere*, « passer au-delà, surpasser ») ce qui existe au-delà du monde sensible de l'expérience, de manière radicalement séparée. On parle ainsi, en particulier, de transcendance divine.

Intuitif/discursif

On qualifie d'*intuitif* tout contenu de pensée (une idée, un concept) qui repose sur la perception immédiate d'un objet par l'esprit.
À l'inverse, est *discursif* tout contenu de pensée qui repose sur la médiation de concepts articulés les uns aux autres (un raisonnement).

Impossible/possible

Ce qui est *impossible* est ce qui contredit la définition ou les capacités d'une chose.
Ce qui est de l'ordre du *possible* est ce qui ne contredit pas la définition ou les capacités d'une chose. Par exemple, il est impossible qu'un carré ait cinq côtés ; il est possible qu'il soit bleu.

Médiat/immédiat

Au sens strict, *immédiat* signifie « sans médiation, sans intermédiaire ». On emploie ce terme en philosophie pour qualifier le plus souvent ce qui se donne à nous sans détour ni étapes d'aucune sorte, telles l'impression sensible, la sensation, l'évidence intuitive.
Par opposition, est *médiat* ce qui se donne progressivement, à travers une médiation quelconque : un raisonnement, un processus.

Public/privé

Le *public* désigne dans le droit ce qui est partagé en commun entre les différents citoyens, comme dans « république », du latin *res publica* qui signifie « chose publique », constituée de chacun.
Le *privé* désigne ce qui ne concerne pas le collectif mais les intérêts d'un individu ou un groupe d'individus.

En théorie/en pratique

Par *théorie*, on désigne l'ensemble des objets et démarches qui relèvent intégralement du domaine de l'idée et de l'exercice de la raison en quête de vérité. Aujourd'hui, en particulier dans les sciences, elle désigne une construction intellectuelle.
La *pratique* désigne toute réalité envisagée sous l'angle de l'action (ses moyens, ses fins), qu'il y soit question d'efficacité concrète ou de valeur morale.

Universel/général/particulier/singulier

Est *universel* ce qui se dit de tous les éléments d'une classe, sans exception.
Est *général* ce qui se dit de la majorité ou de la plupart d'entre eux.
Est *particulier* ce qui se dit de certains seulement, ou de quelques-uns.
Est *singulier* ce qui se dit d'un seul individu déterminé.

Des termes à ne pas confondre

Concepts transversaux à connaître

Concept/image/métaphore

Un *concept* est une représentation intellectuelle qui unit les caractéristiques d'un ensemble de choses de même nature.

Une *image* est une représentation sensible d'une idée qu'elle soit mentale ou matérielle.

Une *métaphore* est une comparaison qui vise à prêter les caractéristiques d'une idée à une autre.

Croire/savoir

Croire consiste à adhérer à une idée sans fondement rationnel permettant de décider de sa nécessité ou de sa vérité. En cela, la croyance se distingue du savoir, et son contraire est le doute. *Savoir* consiste à détenir la vérité d'une chose ; son contraire est l'ignorance.

Exemple/preuve

Un *exemple* est une illustration concrète qui sert à faire comprendre une idée abstraite sans pour autant indiquer si elle est vraie ou fausse.

Une *preuve* est un élément qui vise à démontrer la validité d'une idée ou d'une hypothèse. Une licorne est un exemple de monstre imaginaire mais non la preuve que ces monstres existent.

Expliquer/comprendre

Distinction posée par Dilthey pour rendre compte de la différence entre les sciences de la nature et « les sciences de l'esprit » : alors que les phénomènes naturels nécessitent une approche *explicative*, en ce qu'ils obéissent à des causes déterminables par des lois, l'homme, comme sujet libre, et toutes les activités humaines, doivent être *compris*, car ils sont porteurs de sens, d'intentions, qu'aucune causalité stricte ne peut expliquer.

En fait/en droit

Le voleur détient *en fait* ce qu'il a dérobé, mais non *en droit* : il n'est est pas propriétaire. Considérer ce qu'une chose est en fait, c'est se contenter de la décrire, de constater ce qu'elle est, empiriquement. Considérer ce qu'une chose est en droit, c'est tâcher de montrer ce qu'elle doit être en vertu de sa nature. Ainsi, l'homme privé de liberté est esclave en fait, mais libre en droit, c'est-à-dire par nature.

Genre/espèce/individu

Ces trois notions désignent chacune un degré de classification des choses.

Le *genre* désigne l'ensemble le plus large. Il comprend l'*espèce*, plus restreinte, qui englobe elle-même l'*individu*.

Ce dernier, littéralement indivisible, ne comporte aucun degré inférieur.

Hypothèse/conséquence/conclusion

Une *hypothèse* est une proposition que l'on pose sans la tenir pour vraie au début d'une démonstration et que l'on valide ou réfute à la suite de la démonstration.

Une *conséquence* est ce qui résulte d'un raisonnement ou d'un phénomène.

Une *conclusion* est une proposition tirée des données de l'observation ou du raisonnement.

Identité/égalité/différence

L'*identité* (du latin *idem*, « même ») désigne la nature d'une chose en tant qu'elle est nécessairement identique à elle-même. En logique, l'identité constitue un principe fondamental du raisonnement. Dans le domaine des êtres naturels, soumis au devenir, l'identité est ce qui fait qu'un être demeure le même en dépit des changements à travers le temps.

L'*égalité* désigne une relation d'équivalence entre deux choses qui demeurent distinctes par ailleurs (ainsi, les hommes sont égaux, mais non identiques).

La *différence* désigne une relation de distinction entre deux choses.

Objectif/subjectif/intersubjectif

Un point de vue *objectif* s'efforce de considérer le réel indépendamment de l'idée que nous nous en faisons.

Un point de vue *subjectif* rend compte, au contraire, de la manière dont une réalité est pensée, sentie ou vécue par un sujet.

Le terme *intersubjectif* est utilisé notamment par Husserl pour qualifier la relation réciproque des consciences les unes avec les autres étant à l'origine de la constitution d'un monde commun.

Obligation/contrainte

L'*obligation* est un devoir que je suis tenu de remplir, tout en pouvant matériellement m'y soustraire. La *contrainte* est une force à laquelle je n'ai pas la possibilité d'échapper. L'obligation, fondée sur le consentement rationnel et libre, revêt une dimension morale, à l'inverse de la contrainte qui force mais n'engage pas.

Origine/fondement

L'*origine* désigne le commencement dans le temps d'un processus réel, la cause qui l'engendre. Le *fondement* désigne la raison qui justifie l'existence d'une chose. Une rumeur peut avoir une origine (malveillance) et cependant aucun fondement (injustifiée).

Persuader/convaincre

Persuader, c'est provoquer l'assentiment d'une personne par des moyens sensibles (flatterie, séduction). Le sophiste persuade l'assemblée grâce à son éloquence qui touche (émeut, réjouit) l'auditoire.

Convaincre, c'est obtenir l'assentiment d'une personne par des moyens rationnels (démonstration, argumentation). Le philosophe convainc son interlocuteur par des arguments qui forcent l'adhésion par leur nécessité.

Principe/cause/fin

On qualifie de *principe* ce qui est premier et qui commande la poursuite d'une argumentation (par exemple, ne pas se contredire) ou d'un phénomène (par exemple, l'inertie). Plus largement, on appelle *principe* une idée prise, du fait de sa valeur ou de sa vérité, comme fondement de nos pensées et de nos conduites.

Une *cause* est le moteur d'une action ou d'un mouvement quelconque. On en distingue deux types : celle qui engendre mécaniquement un effet, et celle qui représente ce en vue de quoi un mouvement ou une action est entrepris et qu'on appelle plus proprement une *fin* (ou finalité).

Ressemblance/analogie

Une *ressemblance* désigne une similitude entre deux êtres par ailleurs distincts. Ainsi, une ressemblance de famille.

Une *analogie* désigne, avec plus de rigueur, une égalité de rapports engageant quatre termes par ailleurs différents. Par exemple, 2 est à 4 ce que 5 est à 10.

Vrai/probable/certain

On désigne comme *vrai* un discours qui correspond à la réalité. On dit *certain* un discours dont on ne peut pas douter : c'est, selon Descartes, la marque du vrai. On dit *probable* un discours qui a de fortes chances de correspondre à la réalité mais sans preuve permettant de démontrer sa certitude.

Crédits iconographiques

Les auteurs de l'Antiquité et du Moyen Âge

p. 44 Aristote par Sting, WikiCommons, CC BY-SA 2.5, curid=295872 ; p. 45 Sénèque par I, Calidius, WikiCommons, CC BY-SA 3.0, curid=2456052 ; p. 46 Marc Aurèle, anonyme, WikiCommons, CC BY-SA 3.0, curid=18101954 ; p. 46 Saint Augustin par Sandro Botticelli, The Yorck Project (2002) 10.000 Meisterwerke der Malerei (DVD-ROM), distributed by DIRECTMEDIA Publishing GmbH. ISBN : 3936122202., domaine public, curid=148163.

Les auteurs de l'époque moderne

p. 49 Blaise Pascal, anonyme ; une copie d'une peinture de François II Quesnel gravée par Gérard Edelinck en 1691. Travail personnel, CC BY 3.0, curid=12193020.

Les auteurs de l'époque contemporaine

p. 52 Auguste Comte par Jean-Pierre Dalbéra de Paris, France. Portrait d'A. Comte (maison d'A. Comte, Paris), CC BY 2.0, curid=10809573 ; p. 58 Jeanne Hersch par Walter Rutishauser (Bibliothek am Guisanplatz, Sammlung Rutishauser), WikiCommons, CC BY-SA 4.0, curid=70646042.

Achevé d'imprimer par Pulsio Print,
en Bulgarie, en février 2021
Dépôt légal : mars 2021